PRIVATE ROOM & BAR

タバコ片手におとこのはなし

20代の切なさ、恋の孤独と、女友達

大勢の男にモテるための努力なんて、くだらない。
恋とは、ひとりの男に、ひとりぼっちで落っこちるもの。
だから、切ないんじゃない！

タバコ片手におとこのはなし

私は、〝モテるためのなんとか〟ってのが大嫌いだ。
不特定多数の異性にちやほやされるための努力って、
ひとりに愛されるための努力と似ているようでいて対極で、
くだらない。

それに、大勢にモテる、ということは本当に楽しいだろうか？
自分のことを愛してくれる人を、愛せないのは、
はがゆくて悲しいこと。
その辛さを知っている人は、決して「モテたい」とは
思わないはずなのだ。

「愛し愛されたい」

それは、誰もが持っている欲望。切実な願望。
なによりも、大きな夢。
そしてそれは、2人の間で起こること。
5人にモテて、3人を好きになるより、
ひとりに愛され、ひとりを愛するほうが、
情熱的で、ロマンティック。
破滅的で、とてもリスキー。

ひとりだけしか見えなくなる恋に、
ひとりぼっちで落っこちる。

恋とは、とても孤独なもの。

恋をしている者同士、どんなに集まっても、
まったく同じ経験や想いをシェアできることはなく、
一つの関係を共に築いている恋人同士でさえ、
お互いがお互いに対して別々の恋をしている。

世の中にはいろんな女がいて、いろんな男がいて、
バカみたいに沢山の、千差万別の、恋の形がある。
その全てを〝恋〟というひとつの言葉で表してしまうことさえ、
本当は危ういくらいに……。

だから、
私たちは自分の恋について話したがる。
それぞれ違う恋を知る者同士、そこにある共通点を探り合う。

それぞれが抱える恋の孤独を、少しでも紛らわせるために……。
それこそが恋バナの醍醐味《だいごみ》であり、この本の意味も、そこにある。

恋という孤独の中で溺《おぼ》れながらも、
必死になって愛を摑《つか》もうとする姿ほど、
醜く、悲しく、切なく、
美しいものが、あるだろうか。

ひとりを愛することを恐れない、
どんなに傷ついても、ボロボロになっても、
愛の存在を信じることを諦《あきら》めない、
勇敢な旅仲間たちに、この本を捧げます。

LiLy

Contents

Chapter 0. Being 20s'Loneliness

20代の切なさ

Chapter 1. No Woman, No Cry

女を寂しくさせる男

Chapter 2. Men we laugh over caffelatte

カフェラテのつまみ男

Chapter 3. Girls be Ambitious!

女たちよ、大志を抱け！

Chapter 4. Alone in the Relationship

いろんな恋とそれぞれの想い

Chapter 5. Girls' Power
おんなともだち

Chapter 0.

Being 20 s' Loneliness

20代の切なさ

女の20代は激動期

焦り度★★★★☆

「10年後の自分、想像できる?」

そう聞かれて、「できる」と答えた女友達は一人もいなかった。私自身も、10年後、35歳の私がどんな生活をしているのか、まったく想像がつかない。たった10年先の未来は、まったく把握できないところにある。〝こうなっていたらいいな〟という理想ばかりが、現実を通り越して先走っている感じ……。

それに対して、35歳の女の先輩はこう答えた。

「10年後? 息子は15歳になってるから、手がかからなくていいね。今の仕事は続けるつもりだし、家はローンで買っちゃってるから、家族3人で、もしかしたら4人で、今の家で同じように暮らしてるんでしょうね」

あぁ、なんて安定しているんだろう……。でも彼女だって、「自分の家も持たずに友達の家を転々としていた」という25歳の時、まさかその3年後に未来の旦那と出会い、子供を産み、その翌年に家を買うなんて想像していなかったはずなのだ。

そして20代の女友達の中にも、「東京最高！　フリーター最高！　一生こうしてあんたたちと遊んでいた〜い！」なんて、酔っ払ってよく叫んでいたくせに、その3ヵ月後になんらかのデザインの賞を取り、「私、デザイナーになる！」と留学を決意し、ササッとイギリスに飛んでいってしまった女がいる。他には、「弁護士になる！」と勉強に勤《いそ》しんでいたのに、突然の妊娠が発覚し、できちゃった結婚してサクッと家庭に入った女なんかもいる。残された私たちは思うのだ。

「20代って、なんか激しいよね……」

20代って、女にとって激動の時期。「男は30代が勝負！」とはよく言うけれど、「女は20代が勝負」なところがある。子供の頃から男子よりも遥かに早熟な私たちには、10年も早く、人生の基盤をつくる大事な時期が到来してしまうらしい。今、そんな大事なステージを生きているということは、私たち20代の女が一番よく分かっている。たとえ自覚していなくたって、日々ひしひしと感じている。核心を捉えられないような漠然としたプレッシャーを感じ、こんなにもなにかに対して焦っているのは、そのためだ。〝若くて綺麗な20代のうちに、なにか一つでも、成し遂げなくちゃ！〟って私たちは思っているのだと思う。だから20代のあいだに、結婚したり、留学したり、転職したり、なんらかの決断をして人生を切り開いていく女が多いのだ。そして、そんな女友達が視野に入るたび、私たちは無意識のうちに自分と比較したりして、焦りを募らせてしまう。〝あぁ、私も早く何かをカタチにしなきゃ！〟って。

だけど、勝負をするのに、10年という時間は長すぎる。集中力は切れまくり、中だるみ、しまくりだ。恋愛も仕事も中途半端な20代、理想ばかりが高くなる一方で、現実というものも知ってしまう。その結果、どうしたらいいのか分からなくなって、やる気より、焦りばかりが加速する。

けれど同時に、10年という時間は短すぎて、焦っている内にすぐに次の誕生日がやってきて、30代はそんなに遠いものではなくなってゆく……。人生は自分が思っているよりも遥かに長いということに本当は気付いているはずなのに、自分もいずれ40歳になるという事実だけはまだリアルに受け止めることが出来ない。バカみたいだけど、いつか自分もオバサンになるなんて〝嘘でしょ?〟って思っている哀れな私たちは、とりあえず、人生の基盤を完成させる〆切りを〝30歳〟に設定しがちなのかもしれない。

〈続く〉

20代女の切なさ

切実度★★★★☆

「なにもそんなに焦ることないよ」

生き急ぐ20代の女同士、そんな風に慰めの声を掛け合うことも多いけど、そう言ったって言われたって、それぞれが抱える焦りはどうにも止まらない。だって、若いってだけでチヤホヤされる私たちの〝青春〟は、終わろうとしているのだ。ちょっとバカでも常識外れでも、これまで大目に見られてきたのは若さゆえ。このまま何も学ばずに30代に突入してしまえば、ただの〝馬鹿〟になってしまう……。

それに、〝いつか絶対に子供を産みたい！〟と思っていれば、女にはタイムリミットがある。理想の旦那＋子供の父親に適した男と近いうちに出会わなければいけないし、出会うだけでなく愛し合わなくてはならない。

そして、〝いつか絶対に叶《かな》えたい〟と思う夢があれば、実際のタイムリミットはなくとも、早くその準備に取り掛かるに越したことはないわけで、夢があっても焦るし、なければ〝早く何かみつけなきゃ！〟ともっと焦る羽目になる……。

10年の間に、オトナとしての常識を身につけて立派な女へと成長し、そして、最愛の男と仕事、両方をみつけなきゃいけないのだ。そんな高すぎるハードルを、20代の私たちは自ら背負い込んでいる。母の世代までは、幸せな結婚か立派なキャリア、そのどちらかで良かったみたいなのだけど、女の選択肢が広がった今、それら両方を手に入れているスーパーウーマンが出現し、彼女たちをメディアを通して見ていると、「私だって全部欲しい」と思わずにはいられなくなってしまう。

美しくならなきゃいけないし、
流行にも乗んなきゃならないし、
男と愛し合わなきゃいけないし、

結婚して子供も産まなきゃいけないし、
仕事も充実させなきゃならない……。

あぁ、なんて大変な時代。
そして、あぁ、なんて欲張りな私たち。

ハッキリ言って、そんな風になにもかもを手に入れているのは、3ヵ月間の映画の撮影で数億円を稼ぎ出し、子育てはナニーに任せ切りの海外セレブだけじゃねぇの？ と毒づきたくもなるが、全てを手に入れている女が同じ地球に実在するというなら、「私だって欲しい！ 私だって全部ぜんぶ手に入れてぇよ、バカヤロウ‼」となるのが、欲張り女の性《さが》。

そんな風に欲張れば、欲張るだけ、今、20代の内にやらなくてはならないことが山盛りになる。これがもし〝他人のために〟だったら既に全てを投げ出しているかもしれないけれど、未来の自分の幸せが、今、自分の肩に重くのし掛かっているとなれば、そうはいかない。自分で自分にかけたノルマから逃げ出すことって、不可能に近い。

だけど、それでも、私はたまに全てをぶん投げてしまいたくなる。

ヘアカラーした髪が伸びてプリンになっちゃった根元の黒髪とか、
スカルプが取れてきちゃってボロボロになっちゃった指先とか、
大喧嘩した後で真っ黒になった恋人との未来予想図とか、
締め切りを過ぎちゃった原稿の山とか、
ああしてからこうして、っていう夢実現計画とか、
もうな〜んにも考えたくなくなって、飛び込み自殺する勢いでベッドにダイブすることがある。リアルワールドから目をそらして、眠ってしまう作戦だ。

そんな時、私は枕に顔を沈めて、小さく泣く。
どうしようもなく、切なくて。

きっとこれは、20代女の切なさなんだ。

恋の切なさのような甘さを持たない〝切実な〟切なさの中で、私たちはそれぞれの20代を歩いている。早足で。〝30歳の〟理想的な自分に向かうべく……。

20代女の寂しさ

抱っこ‼度★★★☆☆

〝人生を上手に生きるということは、孤独といかにうまく付き合っていくかである〟

そんな言葉があるように、人は誰だって、いつだって、なんとなくの寂しさを抱えながら生きるもの。ただ、人生には様々なステージがあるのだから、寂しさの種類もその都度変化する。だから、どの年代にも独特の切なさや寂しさがあるのだろう。

5歳の時と、15歳、20歳、そして今、25歳になった私が感じている寂しさは、同じように涙を誘うような感情ではありながらも、それぞれまったく別の想いからきているような気がする。

5歳の私の「寂しい!」は、一人ぼっちでいる時の物理的な寂しさで、両親に「イイコね」と抱っこしてもらえば収まる感情だった。それが、15歳で感じる寂しさは精神的なものへと変化して、それはもう、両親にいくら優しくされたって拭い去れるものではなくなった。男。そう、男。それが、男にしか埋めることの出来ない寂しさだと、15歳の私は女の本能で感じていた。それが恋愛欲への引き金となって恋を繰り返し、20歳の時、私は男の体を使って寂しさから逃げていた。そう、セックスだ。そして今、25歳。寂しい時に、私がなにより求めるのは、ハラハラする恋愛でもなければ、ドキドキするセックスでもなく、「イイコイイコ」しながら髪を撫で、抱っこしてくれる男。

抱きしめるとか、抱くとか、そういうんじゃなくて、抱っこ。5歳の時に、両親に求めたのと同じ〝抱っこ〟を、25歳になった私は、男に、求めてしまう。人は老人になると子供に戻るとは言うものの、いくらなんでもそれは早すぎるだろ、と自分で突っ込みを入れたくもなるけれど、でも、だけど、今のこの寂しさは、抱っこでしか解決出来ないのだ。性的な感覚で男を求めるあまり、早くオトナになって男に抱かれたいと思っていた15歳の私にそう言えば、鼻で笑われるかもしれないけれど、オトナになった私は逆に、コドモに戻って男に抱っこされたいと思っているのかもしれない。

昼間はハイヒールを履いて仕事をし、アフターファイブにはタバコをふかしながら女友達と仕事や男の愚痴を吐き、夜はセックスしたりして、家賃を払ったり税金納めたりしながら、毎日オトナとして生きている20代の女は、実は本当はまだ、コドモだったりする。コドモな素顔を、オトナなメイクと洋服とタバコなんかをモチーフに、ツンとした態度で、必死に隠しているだけなのだ。だから、そんな風にしてオトナの女ぶった自分に、無理がたたって、「うえぇぇん‼」と赤ん坊みたいなイケてない泣き声を上げて喚《わめ》きたくなることがある。

私はそんな時、抱っこを求める赤ちゃんがするのと同じように両手を上げて、抱っこしてくれる男の体を、なにより求める。

ロマンティックに抱きしめて欲しいんじゃない。ドキドキなんてしたくもない。ハラハラなんてもってのほか。ただ、ひたすら、安心したいんだ。もうコドモの時みたいに、困ったら誰かが助けてくれるほど世の中が甘くないことも、オトナとして、責任を持って自分の力で生きていかなきゃいけないことも、よぉく分かっているからこそ、抱っこされているあいだだけでも、男に全体重をかけて、こうして誰かに頼ってもいいんだって、心から思い込んで、ホッと一息、つきたいんだよ。

ひとり暮らし

失恋後の寂しさ度★★★★★

仕事で疲れて家に帰り、カチャッと鍵をあけてドアを開くと、部屋は真っ暗。カチッと壁のスイッチを押して電気をつけると、そこは小さいワンルームで、当たり前だけど誰もいなかった。冷蔵庫のジーッて小さな音が響いている以外、何も聞こえなくて、私はその寂しさにゾッとした。

2004年、恋人と別れた夏。

私はサンダルも脱がずに、玄関とも呼べない小さなスペースに、大量の靴をかき分けてからしゃがみ込んだ。バッグの中から携帯を探し出すと、女友達E（当時24）に電話をかけた。Eは、同棲していた恋人と別れて2DKの部屋を引き払い、小さなワンルームマンションでまた、ひとり暮らしを始めたばかりだった。

「ねぇ、ひとり暮らしって、こんなに寂しかったっけ？」

Eの「もしもし」を遮るようにして私は言った。

「え？　どしたのいきなり？」

Eの声の後ろがガヤガヤしていたので私はちょっと寂しくなって聞いた。

「今、外？」

「ううん、部屋が静かだと寂しくなっちゃうから、音楽爆音で聴いてたとこ（笑）」

Eの笑い声の後ろで音楽のボリュームがしぼられた。Eの置かれている私と同じような状況に私はなんだか安心して、その瞬間、胸にドーンと重たかった〝寂しさ〟が、少し軽くなったような気がした。私はちょっと浮かれて言った。

「やっぱり？　ねぇ、Eも寂しいよね？　私も超寂しくて、寂しすぎて一人で部屋に入りたくなくて玄関に座ってんの、今。彼氏がいないってだけでこの有り様だよ。こんなに弱い女だと思わなかったから、自分に軽く失望してたとこ」

「うん、彼氏がいる時のひとり暮らしと、いない時のひとり暮らしは、まったくの別物だよね……。ひとりの時間とか、ひとり暮らしの自由さとか、そういうのって〝今は一緒にいないけど彼氏がいる〟っていう心の安定があるからこそ、楽しめるっていうかさ……」

　Eはしみじみ語りだす。

「実家帰りたいなぁ～とか、ふと思うよね。家に帰ればお母さんの手料理があって、家族がリビングでTV観ながら笑ってて、いいよね、そういうの」

　私はしゃがみ込んだまま、玄関に散らばった沢山の靴を、なんとなく並べ直しながら言った。

「うん、でもきっと実家にいても、自分は男と別れたばかりで傷心だから、お笑い番組を観て笑ってる家族のこと〝のん気な奴らだ〟なんて軽蔑したりして、で、あえて2階の自分の部屋に閉じこもって、悲しみに浸るよね。でもそれでも、1階に家族がいるっていう安心感は絶対にあって、そんな救いは、このひとりぼっちの部屋にはないもんね」

私は実家に住んでいた10代の頃を懐かしく思い出す。

「あんなにも夢みてた、ひとり暮らし。早く大人になって、自立して、絶対に東京でひとり暮らしするってずーっと言い続けて、そして今、やっとの思いでこの空間を手に入れたのに。そこにあるのはこの寂しさでしょ……。確かに、都内で働いて都内に住んで、こうして靴履いたまま玄関で女友達と長電話してても誰にも文句言われない、まさに昔から憧れてた気ままな生活だけどさ。でも、男と別れたばかりのひとり暮らしってのは、限りなく悲劇的なライフスタイルだよ（笑）」

「まぁまぁ、リリちゃん、とりあえず、靴は脱ごうよ（笑）」とEに笑われ、私は足首に巻かれたサンダルのストラップのボタンを、パチン、パチンと両方外し、足を振ってサンダルをドアに向かって放り投げた。

Eとの電話を続けながら、裸足で部屋に入り、携帯を左耳と左肩に挟んで両手で窓をガラッと開けた。新宿のオフィス街の放つ光が夜空に映える。いつもと変わらない、東京の夜。この夜景が気に入って、私はこの部屋を契約したんだった。恋人と一緒に、「綺麗だね」って言い合いながらよくみていた窓からの景色は、私をたまらない気持ちにさせた。

「ねぇ、これから泊まりにいってもいい？」

〈続く〉

男から男へ、街から街へ

旅人度★★★☆☆

Eの新しい家は、私の家からタクシーで１０００円のところにあった。私はタクシーのおじさんに千円札を渡しながら、「寂しいからリリんちの近くに住もっと」と言いながら物件を探していたEを愛おしく思い、そして同時に、ありがと、って気持ちになった。タクシーを降りると、大通りの奥の小道の先で、スッピン眼鏡のEが手を振って立っていた。

「部屋、狭いよー。でも新築だから、綺麗よ。あ、でも駅から遠いからねー。色々と物件見て回ったんだけど、男と一緒で、何か妥協しないと見つからないからね(笑)」

Eは、アハハハと笑いながら新しい部屋に案内してくれた。〝あぁ、E、本当に彼と別れたんだなぁ〟と思いながら、私はEの後ろに付いて、「おじゃましまーす」と部屋に上がった。

Ｆｒａｎｃｆｒａｎｃとｉｎ Ｔｈｅ Ｒｏｏｍの家具に囲まれた、モダンでシンプルな、今時のオシャレな女の子らしい、小さなワンルーム。「あ、これ、私が誕生日にあげたやつだ」なんてテーブルの上に置かれたグラスを指差しながら、狭い部屋に窮屈そうに置かれた大きなソファに腰掛けた。私はよく、Eが同棲していた部屋でも、このソファに座っていた。〝あぁ、あの部屋、もうなくなっちゃったんだ〟、とEの別れを実感して、私まで寂しくなる。

「私、Eが元カレと同棲してた、あの古いアパートの、2人らしいアジアンテイストの、暖かくって可愛いおっきな部屋、大好きだったなぁ。この部屋も可愛いけどね。ねぇ、あのダブルベッドはどうしたの?」

2人分の紅茶を入れながら、Eは答えた。

「ソファは私が、ベッドは彼が持っていったのよ。このソファさ、この部屋には大きすぎて困ってんだよねぇ。でも超高かったから捨てれないし……。それにしても、同棲してた男との別れは痛手が大きいね。引っ越し代だってバカにならないし、今月お金ヤバイよ……。心も財布もダブルピンチ!」

私はEが渡してくれた紅茶に口をつけながら、はぁ、とため息をついた。

「私も前に同棲した後で男と別れた時に思った。もう結婚するまで同棲はしない、って。だから彼とも同棲はしなかったんだけどさ、彼はいつもうちにいて半同棲状態だったから、余計に辛いよね。Eはこの新しい部屋に彼との思い出は染み付いてないじゃない？　心機一転って感じで少しはリフレッシュするでしょ？　うちにはまだ彼のパンツだって残ってんだから……」

アハハ、と乾いた笑いをこぼしながら、Ｅは銀行の通帳と睨《にら》めっこしている。

「でも私、この心機一転に40万くらい使ったんだけど……。あ〜あ、貯金なくなっちゃった」

明日仕事早いから、とＥが先にベッドに入ってしまった後で、私はその隣にピタリとくっついているソファに座ったまま、ぼんやりと考えていた。

〝私たちあと何回、ひとりの引っ越し、するんだろう〟

きっと、この引っ越したばかりのＥの部屋も、いずれは解約されてしまう。そして私もたぶん、次の更新にはまた引っ越すんだろうな、と考えると、男から男へ、街から街へ、移動する私たちは、まるで旅人だと思った。

男から男へ移動する、というと聞こえは悪いけれど、別に好き好んで、付き合ったり別れたり、を繰り返しているわけでは決してない。別れる度に居《い》た堪《たま》れないほどの寂しさを感じ、頭が痛くなるくらいにいっぱい涙を流し、もうこの世の終わりとでもいうような絶望感を味わう羽目になるのだから、私たちは、毎回「次こそは……」と、永遠に別れることのない、〝運命の男〟と呼ぶに相応《ふさわ》しい男を探している。だって、私たちはきっといつか、その男との出会いを果たし、ウェディングドレスに身を包んで永遠を誓い、幸せな家庭を築くのだ。そしたら、きっと、子供部屋もある、4LDKくらいの都内の素敵なマンションか、東京からはちょっと離れたところの庭付き一戸建てかなんかを、ローンを組んで購入するんだ。なーんの根拠もないけれど、私たちは漠然と、そう信じている。

永遠を信じた男との、2人の未来の子供たちの名前まで一緒に決めていた男との、信じられない破局を迎え、信じる心が何度もグラグラ揺らいでも、それでも歯を食いしばって、私たちは信じている。

自分が生を受けた家族と、自分でつくる家族との間の20代、男から男へ、街から街へのさすらい旅は、いつか、きっと、必ず、ハッピーエンドで終わるのだ、と。

女を寂しくさせる男

Chapter 1.

No Woman, No Cry

10秒をケチる男

病める女に10秒を……度★★★★★

携帯が普及したことで、男女の恋愛スタイルは大幅に変化したらしい（25歳の私は、中2からポケベル、中3からPHS、高1から携帯が普及していたので、それ以前の恋愛スタイルをリアルには知らないのだけど）。TVドラマの中で、何かしらの事故に巻き込まれて女との約束に何時間も遅れてしまった男が、ドラマチックな音楽をBGMに、待ち合わせ場所にダッシュで走り、女は男がもうこないものだと諦めて泣きながら帰路を急ぐ……。という一昔前なら定番だった〝男女がすれ違う〟シーンも今となれば成り立たない。

「は？　なにしてんの？　電話すりゃいいじゃん」

ということになるからだ。〝いつだって連絡可能♪〟という便利な時代が到来し、以前の男女の悩みが減った半面、携帯は男女の恋愛を複雑化し、新たな悩みをもたらした。

たとえば、男からの連絡がない時、女は〝きっと連絡できないほど忙しいんだ〟と前向きに考えることが難しくなった。どんなに多忙な日々の中でも、「しばらく忙しいから、落ち着いたら連絡する」と、簡単にメールでも電話でも一本サクッと入れられるはずで、その所要時間は約10秒。そのたった10秒を男が自分のために作ってくれない、ということがムカつくし、ひどく空しい。

それに、自分も携帯を持っているので、男からの受信は常にスタンバイＯＫ。そんな時、〝携帯さえなければこんなに待つこともないのに〟と、握り締めすぎて熱くなっちゃった携帯を何度折ってやろうと思ったことか……（笑）。もちろん自分から男に連絡することだって可能だが、たとえ男の携帯が直留守になっていたとしても、最新の携帯システムがわざわざご丁寧に、男の携帯に私からの着信を残して下さる（涙）。

一昔前なら、家の電話には着信履歴が残る機能も入っていなかったわけだし、たとえ男の留守中に何度電話をかけたとしても、〝何回電話してくんだよ、この女。超怖ぇ〟と思われることなく、男が電話に出るまで、自由に、思う存分、病的に電話をかけまくれたなんて、ほんと便利（？）。

そしてたとえば、男の携帯が数日間〝直留守〟状態の時、〝充電してないってことは家に帰っていないいんじゃん！　一体どこに泊まってんのよ？〟なんて妄想は膨らむし、男の携帯から留守番電話サービスとは違う聞き覚えのないアナウンスが流れた時なんて、男と同じ携帯会社の友達に電話して「こういうアナウンスが流れる時って、携帯代未納？　携帯紛失して止めてる時？　それとももしや着信拒否？」と男の携帯の状態から、今の男の置かれた状況／心境を割り出そうと必死になったりする（超怖ぇ）。

いつだって連絡可能♪な現代だからこそ、男からの連絡がない状態は即〝異常事態〟と判断され、物事のスピードがどんどん速くなる現代だからこそ、女の〝不安→病み→崩壊〟のステップも著しい加速をみせている。

あぁ、もう！　男のそのたった10秒で、防げる現象なのに……。

携帯の中が黒い男

ある意味ウケル度★★☆☆☆

携帯は、またの名を、浮気発見器という。

浮気がばれるキッカケの9割は、携帯らしい。今の時代、ちょっと昔の昼ドラみたいに妻が探偵を雇って旦那の後をつけさせて、愛人と肩を組みながら安ホテルに入っていく現場の写真を撮らせなくったって、相手の行動履歴＋浮気の証拠は携帯に残っているものなのだ（ちなみにホテルに入るときの男女って肩組むか？　という最大の疑問は置いといて……)。

いくら付き合っていようと、結婚していようと、他人の携帯を無断で見るのはプライバシーの侵害らしいが、男の行動があまりにも怪しければ、男がシャワー中や睡眠中に、男の携帯を鷲掴《わしづか》みにしようと、そーっと右手がのびてしまう(私がではなく、手が、ついつい、だ)。でもこれは男も女も同じみたい。「携帯なんて絶対見ないよ！」と言う人は少なくないが、「これまでの人生で一度も見たことない」という人はレアだ。まぁ、見る見ないは別にしても、好きな人の携帯の中って、気にはなるよね。


「男の携帯？　見るよ♪　夜中に男が寝ちゃって手持ち無沙汰になると、スパイになった気分で調べるの♪　深夜のＴＶ番組なんかより、まじでエンターテイメント」と公言している女友達Ｄ(25)に、男の浮気が黒か白か、携帯で見分ける方法を教えてもらった。

「男だってバカじゃないのよ、怪しいものはだいたい消してあるの。だからまず、あるべきところにないものを探すのよ」と、Dは得意になって解説を始めた。
①発信・着信履歴の数。
20件表示されるところに19件しかなかったら黒。
②メール受信箱・送信箱。
内容を読むのはもちろん、返信済みのメールなのに送信したメールがなかったら、黒。
「あ、男が消し忘れがちなのがコレ♪」とDが言うのが、
③留守番電話の伝言メッセージ。
「そして、コレが最終チェック♪」と言うのが、
④登録してあるメールアドレス全て。
なんでもDは過去に、〝裕次郎〟という名前で登録された〝princess-yuko@~〟というメアドを発見したことがあるらしい。お姫様系のユウコさんだって、まさかそんなイカツイ名前で登録されているなんて夢にも思わないだろうし、ある意味、D

よりもショックだろう（爆）。

「男の携帯の中ってほんと、エンタメだね」と私は爆笑しながら、全ての調査にかかる時間を聞いてみた。

「全部見てると朝になっちゃうよね。だから休日の前の晩にやった方がいいよ」と、最後まで親切なアドバイスをくれたDは、この手法で数々の浮気を摘発してきたらしい（全然羨《うらや》ましくない）。


それにしても、裕次郎……（笑）。「彼女がいない」と言っている男の携帯の中で、自分がなんて名前で登録されているか、調べるのも手かもしれない。個人的には、好きな男が他の女の連絡先を男の名前で登録しているよりも、自分の連絡先がいかにも男らしい人物名で登録される方が断然嫌かも……。

ぶん殴らない男

オトナだから何？度★★★★☆

「ねぇ、他の男が私にHなことしたらどうする？」

女はたまに恋人にこんなことを聞く。「ぶん殴る！」とか「ぶっ殺す！」って答えて欲しいから。だって、そしたら「あぁそんなに私のことが好きなんだ」ってニタニタできるじゃない？

そんな状況で相手の男をぶん殴らない男とは、小早川伸木のような男のこと。小早川は、私の知り合いではない（なにも、知り合いの男を名指しで攻撃しようとしているのではない）。小早川とは、柴門ふみさん原作のTVドラマ『小早川伸木の恋』の主人公だ。小早川は、いい人だ。誠実で、思いやりがあって、謙虚で、優しくて、そしていつも正しい。しかしその優しさと正しさが、彼の意思とは関係ないところで周りの人を傷つけたりする、悲しいほどに不器用な男だ。彼の妻は、子供の頃のトラウマのため、夫である小早川に本当は愛されていないんじゃないか、と怯《おび》えている。精神を病んだ妻に、小早川は何度も何度も「愛している」と伝えるが、妻は愛されていると感じることが出来ない。妻に「浮気してるんでしょ？」と包丁を突きつけられることは、小早川にとっては日常だ。私は初め、この妻に苛立《いらだ》った。小早川はとてもいい夫なのに、なにをそんなに喚き散らしているんだよ、と。

でも、あるエピソードを観て、私はなぜ小早川がこんなにも妻を寂しくさせているかが分かった気がした。小早川は、自分の妻とセックスをしたと言う男を、ぶん殴らない男だったのだ（夫が浮気相手を殴ることで、自分への愛を確かめようとした妻も妻だけど、その狂った〝女心〟、私にはちょっと分かる）。

怒りを暴力に変えない冷静な判断は、大人のとるべき正しい行動だ。ぶん殴らなかったからって、愛情が少ないってわけじゃないのも分かってる。独占欲と愛をはき違えた男より、すぐに手が出る男より、よっぽどいい。

でも、だけど、正しくて大人な行動って、時にとても冷たい。愛の温度が足りないと感じてしまう。


私は、二十歳《はたち》の頃、クラブでMCをやっている時に、酔っ払った男に顔にツバをかけられたことがある。私がブチ切れて持っていたビールを男の顔にかけると、男は私の両肩を摑んできた。すごく怖くなった。すると、その場に居合わせた当時の恋人B（当時25）が飛んできて、男をぶん殴るのかと思ったら、私と男の間に割り込んできて、

「2人とも落ち着けよ！」

と仲裁に入った（！）。〝あの～、たった今、あんたの女が、あんたの目の前で、この男に顔にツバかけられたんっすけど……〟と、私はBの対応に啞然《あぜん》。Bの冷静で正しくて大人な対応は、全っ然嬉しくなかった。男との揉め事が落ち着いた後、Bは私に優しく言った。

「お前も、頭冷やせよ♪」
〝私とあんたは野郎同士かよ⁉〟

そういえば、私はBと付き合っている間、本当に愛されているかどうかずっと不安に思っていた。Bはちゃんと私を愛してくれていたと思うよ。それにあの時の対応は、正しかったとも思う。分かってる。でもね、ガキでもいい、バカでもいいから、高い温度の愛をくれる男がいい。

たまにはグーで、思いっきり、ぶん殴ってよ‼

女をブンブン振り回す男

女を綺麗にしてくれる度★★☆☆☆

好きになった男に、ギャグ漫画みたいに、面白いくらい、ブンブン振り回されていた夏があった。私がひと夏惚れ込んでいた男M（当時20）は、約束するのが大嫌いな男だった。

「だって、約束しちゃってその当日出掛ける気分じゃなかったらどーすんだよ？ 断るのもきまじぃし、その時になってみなきゃ分かんねーじゃん！」

ということだった（その時点で私にまったく興味がない（笑）。だから、「金曜の夜、渋谷で！」なんて具体的な約束を絶対にしてくれなかった。会う時は、いつだって突然。メールのやり取りをしていて、たまたまMの気分が乗れば「今から会おっか」と誘ってくれた。それも、ごく、たまに（笑）。

Mに会いたくてたまらない私としては、そんな気分屋Mからの貴重なお誘いは決して逃してはならないチャンスだった。だから、いつどんなタイミングでMと会えることになるか分からないから、私は毎日アホみたいに着飾っていた。そして、会う数時間前に、より完璧な姿に整えるために、友達と遊ぶ日もバイトの日も大学の日も、メイク道具フルセット（コテとヘアスプレーを含む）を持ち歩いていた。「いついつに会おうね」と約束さえしてくれれば、その日だけ勝負姿に変身すれば良いのだが、約束してくれないということは、毎日、会える可能性が少なからずあるということだ。一瞬の油断も許されなかった。常に戦闘態勢でいなければならない、非常にシビアな夏だった（笑）。

しかし、その甲斐あって、恋が実った、というのは嘘で、その甲斐あって、その夏の間に撮った写真を見ると、全ての写真で私は可愛く写っている。女友達と渋谷の路上でギャルポーズしてる写真も、仲間と大勢で海に行った時の写真も、バイト先でふざけて撮った写真も、どれを見ても髪型もメイクもマニキュアも、かなり気合が入っているのだ。完璧主義者とは正反対の〝ま、いっか主義者〟の私が、ひと夏中完璧なスタイルをキープしたなんて、奇跡だ。自慢じゃないけど、私はよく友達に「マニキュア、ハゲてるよ！」とか「アイライナー、滲んでるよ！」とか注意される。しかも、注意されても〝ま、いっか〟と思ってへらへらしているズボラな女なのだ。

だから、その夏の写真を見て、私は思った。〝恋をすると女は綺麗になる〟と言うけれど、それは、恋をすると自然と綺麗になるのではなくて、〝恋をすると女は戦闘態勢に入るので常に気が抜けたもんじゃねぇ！〟ということなんだ、と。そして私のような面倒臭がり屋の女が毎日綺麗をキープしたいのなら、約束してくれない男にブンブン振り回されるしかないのだ、と（笑）。

え？　その男とどうなったかって？　そんな関係の結末ははじめっから、当時の私以外の全ての人には、見えてたでしょ……（涙）。

恋愛〝情熱〟欲の相性

大事度★★★★☆

人は、私のような、恋愛に必要以上にいちいち情熱的なラテンパッション派のそれを〝恋愛体質〟と呼ぶ。しかし実は、この体質はそんなに素敵なもんじゃない。だって、正式に言えば、恋愛〝捏造《ねつぞう》〟体質なのだから。

そんな私は、常に持ち合わせている恋愛に対する情熱を、恋をしていなければ持て余してしまう。だから、ココロが暇になると、すぐにどっかから恋を見つけてきてしまう、という悪い癖がある。その情熱をぶつける対象として、実はそんなに好きではないかもしれない男に向かってアモールアモールと踊ってしまうことがあるのだ（痛）。当然いちいち泣いたり、怒ったり、暴れたりもする。そしてそうしている時は、〝自分は本当にこの男が好きなのだ〟と思い込んでいるし、相手の男も〝こいつは俺のことが相当好きなのだな〟と思っているだろう。しかし実は、その恋が終わった後で〝あれは何だったんだろう？〟と我に返ることも少なくない（涙）。

恋をいつもどこからか発掘してくる私を、人は〝恋多き女〟と呼んだりするけれど、それまたそんなに可憐《かれん》なもんじゃない。だってその恋の内8割は、自らの手で捏造《ねつぞう》した恋だったりするのだから（号泣）。その証拠に、10歳の頃から恋して恋して恋しまくってきたラテンパッション派、私と、めったに恋に落ちないクールビューティ派、幼馴染《おさななじみ》M（25）の〝本物だった恋〟の数は2つ3つで、同じなのだ。

クールビューティ派は、そもそも恋愛に対して淡泊なので、恋を捏造したりしない。ラテンパッション派の場合、そもそも〝寂しがり屋〟というベースがあるため、そんなに好きじゃなくても〝寂しいから〟というマヌケな理由で人と付き合ったりすることがあるのに対し、クールビューティはそもそも「恋人欲し～！」なんて熱望していないので、自然の流れで恋に落ち、本当に好きだと思わなければ、付き合ったりしないものなのだ。
そう考えてみると、だ。クールな男、つまりラテン系のように情熱的に愛を表現する手段を持たない、〝好き〟がなかなか伝わってこない男でも、〝付き合ってくれた〟というだけで彼らは相当本気なはず。だから、男のクールな態度に不安になっても、ちゃんと付き合っているのなら自信を持って大丈夫、ということになる。でもそうは思っていても、実際に毎回まいかい情熱的なパワーを持って愛情を注いでいるのが自分で、恋愛にあまり比重を置かないのかなんだか知らんが、喧嘩中も他のことを考えているように見えるのが相手だと、やっぱり疲れてしまう。恋愛〝情熱〟欲の相性って、あると思うのだ。

恋の空回りを得意とする我らがラテンパッション派にも希望はある（笑）。パッションＬｉＬｙは、恋を繰り返してきたことで、我々パッション派に欠ける〝冷静さ〟を少しずつ手に入れることが出来た（気がする）。そして、今の恋人と付き合い始めた頃、私が男友達とメールしていることで彼が猛烈に怒ったことがあった。「なによ！　そんなに怒ることないじゃん！　友達だってば！」と叫ぶ代わりに、私は心の中でニンマリしたものだ。〝ナイストゥミーチュー、パッションン♪〟と（笑）。そして、「心配しないで、私が好きなのは貴方だけ」と冷静Ｂｕｔ愛に溢れるアティチュードで、彼に抱きついた。パッションには、パッションが求めている愛情表現が手に取るように分かるのだ。

やっぱり、恋愛〝情熱〟欲の相性は大切だ。

追いかけてこない男

分かってない度★★★★★

深夜0時過ぎ。傘をさすまでもない程度の、小雨《こさめ》が降っている。燃えるゴミの日の前夜なので、レストランの前の道にはゴミ袋が並んでいる。私は駅から家までの帰り道を一人とことこ歩いていた。通りにあまり人気《ひとけ》はないが、私の1メートル先には、40代後半とみられる男女が並んで歩いている。後ろで一本に結った太い三つ編みを腰までたらした女と、頭のてっぺんが薄い男。

彼等は腕を組んでいたので、恋人同士なのかなぁって私がなんとなく思っていると、突然、女が、大きな声で、「もう、知らない！」と叫んで男の腕をパシッと叩いた。そして、男を置いてスタスタと足早に歩いていった。男の足が止まったので、歩いていた私は男の隣に来てしまい、一瞬男と目が合った。男は、チッと小さく舌打ちすると、クルッと方向転換をし、女とは逆の方向に歩いていった。私は冷静な顔をつくって歩きながらも、心の中で叫んだ。

〝バカッ！　そっちじゃないよ。女はあんたに追っかけてきて欲しいんだ。こっちに走れ〜っ！〟

しばらく歩くと、私はまた女を見かけた。女は、立ち止まって後ろを振り返っていた。

〝やっぱり、男に追ってきて欲しかったんだ……〟

私も、自然に見えるように気をつけながら、一瞬後ろを向いて男の姿を探した。そこに、男はいなかった。切なくなった。もし、この道に誰もいなかったら、つまり私がいなければ、男は女の後を走って追いかけていたかもしれない。私と目が合った時に、男は一瞬、自分の姿を客観的に見てしまったんだろう。〝俺は、今、この女の目に、女に逃げられた男として映ってしまった！　かっこ悪いじゃないか！〟と。そこで男のプライドが、女とは逆の方向に歩かせたのだ（これは単に私の〝読み〟

に過ぎないが、たぶん、きっと正しい)。

いつも思う。なぜ男は、女より人目を気にするのだろう？ 男女の〝公衆の面前喧嘩〟のシナリオはほとんどが同パターンだ。人が多い場所で口論になると、男は決まって言う。小さい声で。

「人が見ているじゃないか！ 落ち着け！」

と。しかし、男が逃げ腰になっていようが、人が見ていようが、女のヒステリーはその程度のことじゃ収まらない。女は更に大声を出し、しまいには泣き出す。周りの人の目に映る自分の姿に耐えられなくなった男は、その場から走って逃げる。女は唇を噛みながら思う。〝もう二度と会うことがない大勢の他人と、私、どっちが大事なの？〟と。でも本当は、男が大事にしているのは他人でも女でもなく、自分のプライド。それも、意味をはき違えたプライド。私は、自分の大切なものを守るのがプライドだって思ってる。自分が大切なものを失うプライドなんて、邪魔なだけ。

それにしても、男の愛情を試すようにして男の元から走り去り、しばらくダッシュした後で〝追っかけてきたかな？〟と振り向いてもそこに誰もいない時の、あの空しさよ……。それを知っている私は、目の前でその空しさの中にポツンと立っている見ず知らずの女の肩に手を回したい衝動にかられた。「いやー、姉さん、まじ、分かりますよ、その気持ち！」なんつって（笑）。もちろん、私はそんなことはせずに、見なかった振りをして女の横を通り過ぎた。だって、それこそが他人と共存して生きていく社会のルール、思いやり！　男は他人の視線を気にしすぎだと言ったばかりだけど、男が追っかけてきていないのに、振り返って期待しちゃったところを他人に目撃されたら……。それはさすがの私でも、自分のダサすぎる姿があまりにも恥ずかしくて、誰も聞いてないのに、「〜なぁんてね」なんて声に出して言って、振り返ったことをジョークとして演出してみちゃうかもしれない。目撃者は、私のそのあまりの痛さに、決して笑ってはくれないだろうけど……。

「俺の女なんて全然駄目っす」男

失礼度★★★☆☆

「素敵な奥様がいて、貴方はとっても幸せですね♪」

と私が言った時に、「いや～！　もう、本当だよ！　俺は世界一の幸せ者さ！」なんて答える日本人の男はとてもとても少ない。ほとんどの男が、「いやいや、そんなことないよ。女房は外面はいいけど家では口うるさいし、まるで別人なんだぜ！」とか、なにか一つ、ネガティブなことを言う。どうして多くの外国人の男みたいに、大きな笑顔で「俺の奥さんはグレイトだよ！　俺はとってもハッピーさ！」って堂々と自分の女を褒めないのだろう。

まぁ、これは男に限ったことじゃない。旦那を褒められた女もきっと、「うちの旦那は収入が少ないから家計のやり繰りが大変よ～！」とかなんとか言うのだ。〝自分が褒められた時に謙遜《けんそん》する〟というのは分かるけれど、なんで日本人は自分の恋人や家族のことまで勝手におとしめるのだろう……?

日本人の〝謙虚さ〟は素晴らしいと思う。仕事でも友情でも恋愛でも何でも、人と人が関わり合う時には、自分自身の謙虚な姿勢と相手に対する思いやりが大切。それを心得ている日本人のことを、「み~んなとってもいい人!」と外国人は褒め称える。だけど、そんな〝謙虚さ〟が売りの日本人は、〝幸せなこと〟を堂々と発言しにくい環境を作ってしまっている。

自分と自分を取り巻く環境について「全てが最高! 最高の人生だね」なんて言ってしまえば、すぐに〝自慢〟と取られてしまうのだ。〝自慢すれば他人にひがまれ、嫌われる。今とても幸せだってことは他人に隠しておかなければ……〟。きっと皆そう思っているから、自分だけでなく自分の恋人や家族のことまでおとしめて話さなくてはならなくなるのだ。そして、自分が〝自慢してはいけない〟と敏感になっているから、人がハッピーな話をすればすぐに〝自慢しやがって〟と思うようになってしまう。それって負のループ。結果、ネガティブな会話しか出来なくなる。

もちろん、会話をしている相手が失恋したばかりだったり、辛い恋愛をしている最中だったりした場合は、自分の幸せ話は避けるのは当たり前。そんな時に相手に自分の恋人を褒められたとしても、自分の恋愛関係についての問題をひとつ挙げて〝うちも完璧とはほど遠いよ〟と教えてあげるのも、思いやり。だけど、そういう状況じゃないにもかかわらず、ひたすら自分の愛する人をおとしめまくるのは、謙遜というより失礼だ。愛している人を尊重することを忘れてしまっては、謙虚な姿勢もクソもない。

「俺の女は最高っす」男

誠実度★★★★★

「彼氏どんな人？」と聞かれる度に、私は「かっこよくて優しくて最高の男です」と答える。だって、本当にそう思っているから。そう思うから付き合っているのだから。それに恋人だからって、私が彼のことを勝手におとしめて話す権利はないと思ってる。「彼氏かっこいいね」と褒められた時には、私は「うん。惚れてます」と答える。せっかく彼が褒められて私も嬉しいのに、「う〜ん、でも彼の○○なとこが嫌なんですよね〜」なんて言って、わざわざそのハッピーな気持ちをブチ壊す必要性を感じない。〝恋人のことをおとしめて話す＝私が謙虚〟ということにはならないと思うし……。

それともう一つ。実は、恋人のことを自ら絶賛することには最大のメリットがある。それはズバリ、〝男に口説かれなくなる〟ことだ。私は好きじゃない男に口説かれたくない。特に仕事絡み（業界系）のちょっと偉いおっさんなんかに口説かれることが、何よりも嫌い（だって、断るに断りづらいじゃない！）。だから仕事をするに当たって、10代後半から〝隙〟を作らないことにせっせと励んできた。

そんな私は、男の〝隙〟にもちょっと敏感だ。「俺の女あんま可愛くないんだよね〜」とか言ってる男より、「俺の女は最高だぜ‼」って言っている男の方に私が魅力を感じるのは、後者の方が〝隙〟がないから。それは私がシングルで〝恋人募集中〟だった頃も変わらない。もちろん自分の女の不満を言っている男の方が、もしかしたら自分がそこに入り込めるかもしれないという〝隙〟がある。自分の女の素晴らしさを語る男には、まったく〝隙〟がない。だから尚更、私は後者の男に好感を持つ。そういう男こそ誠実だから。自分の恋人に対する不満ばかりを口にして、他の女の入り込む〝隙〟をわざと作る不誠実な男なんて嫌い。そして、そういう男は少なくない（ちなみにそういう女も少なくない。子孫を沢山残したいと本能的に思う男が〝モテたい〟のはまだ理解出来るが、意味もなく多数の男に口説かれようとしている女は、理解不能だ。過去に何かトラウマがあるのだろうか、とまで深読みして考えてしまう)。恋人の悪口を餌に、〝浮気〟を釣ろうだなんて最低だし、そんな男と実際に自分が付き合えば、同じことをされるに決まってる。

――と、ここまで書いて私は不安になってきた。私は外で恋人のことを絶賛しまくり、モテない女ナンバー1になっているが、恋人は私のことを何と言っているのだろう? さっそく隣の部屋にいる恋人に聞いてみる。

「ねぇ、友達に〝彼女可愛いね〟って言われた時、なんて答えてるの?」

TVを観たままの彼の背中が、シレッと答えた。

「言われたことないから分かんねぇ」

「っ‼」

私の〝口説かれない〟大作戦は不必要だったのか……⁉ あぁ、自意識が、過剰すぎた……(涙)。

〝今の女ヤベー！〟と無駄にシャウトする男

あんたがヤベーよ度★★★☆☆

男の思う〝男の中の男〟と、女の思うそれは、随分とズレている。男が、他の男を〝アイツはマジで男だ‼〟なんて絶賛している場合、その〝マジで男〟は大抵女の敵であることが多い。なぜか男は、〝女好き〟を公言している男を〝男らしい〟と褒め称える。そして、「女遊びをしない奴は仕事が出来ない」とか、女ったらしな自分たちに都合のいい名言を生み出す（私はこれを言う男が一番嫌い！　女ひとりに対して〝筋〟を通せない男は仕事だって〝テキトー〟に決まってる）。

だからなのかなんなのか知らないけど、女と一緒にいる時にまで、ちょっと可愛い女が通りすぎると振り向いて、「ヤベー！」とシャウトする男がいる。目がいってしまうのは、本能かもね、許そう。だけど何も女といる時に、わざわざ言葉にして他の女のヤバさ（可愛さ）を無駄にアピールすることはない。そして、そういう失礼極まりない男のその行為は、多くの場合一回じゃ済まない。「今朝、駅に超ヤベー女がいてさぁ」という過去形から、「おっ！　今すれ違った２人組ヤベー！」という現在形に、「週末のクラブでヤベー女いねぇかな〜」という未来形……。とてもしつこい。でもまぁ、それが男友達なら、「あんたもアホだねぇ」と笑って終わる。許せないのは、自分と体の関係がある女（恋人を含む）と一緒にいても、お構いなしにそんなシャウトを続ける男！

彼らは、女に、「もー！　どうしてそんな女好きなのっ！　プンプンッ♪」って可愛く怒って欲しいのだろうか……。そして、〝ヤキモチ焼かれている俺〟の男っぷりに酔いながら、「お前、可愛いなぁ。でも男なんだから仕方ないだろー！」とか言って女の頭をイイコイイコしたいのだろうか……。あぁ、書いてるだけで鳥肌が立ってきた。そのあまりに分かりやすすぎる男の思考回路と、その通りに動いて男をつけあがらせてしまう悲しい女に……。でも、女が男のチンケな作戦に気付きながらもそんな悲惨な対応をしてしまうのは、その女がとにかく男にモテたい媚《こび》売り女でない限りは、その男に惚れている時だけだ。男に惚れている女というのは、ホルモンバランスが異常なので、そんな風に間違えた対応をして男を調子に乗せてしまう。

そして、その恋が終わり、女がやっとその時の自分の悲惨さに気が付いた時、女は遂にシャウトする。

「つうか、陰でヤベーヤベー言ってないで、イイ女全員に声かけてみろよ！　鼻で笑われんのが怖くて声もかけられないくせに！　〝綺麗なお姉さん〟が好きじゃない男なんていねぇんだよ！　わざわざアピールしちゃって、〝男らしい〟とか私が思うとでも思ってんの？」

「あいつ、ヤバくない⁉」

束縛魔男

嫌!!度★★★★☆

「彼氏が私に〝カラオケ屋のバイトを辞めろ〟って言うの。男がいっぱい来るからって」

女の後輩S(20)がそう言った途端、他の女たち4人は低いトーンで声を合わせる。

「さむっ!!」

そしてSが本当にバイトを辞めたりしたら、私たちはもっと冷えてブルブル震えちゃうかもしれない。

好きな人が嫌がることはしたくない。それは恋心、思いやり。でも、道を歩いていたって大勢の異性とすれ違う。恋人を自分以外の恋愛対象人物と完全に隔離《かくり》することなんて不可能。他人に盗《と》られたくない宝物は、確かに大事な箱に鍵をかけてしまっておくかもしれない。でも、恋人は人間。首輪をするわけにもいかないし、家に監禁してしまえば犯罪だし、どうせ完璧に縛ることなんて出来やしないんだから、束縛を試みること自体、あまり意味のないこと。

もちろん、〝好きな人を独占したい〟というのは恋に落ちれば自然と湧き出てくる欲望で、だから男女は〝付き合う〟という約束を結んだり、〝結婚〟したりする。だけど〝束縛し合う関係〟は、なんのプラスも生み出さない。お互いの世界をお互いが狭めることで、2人とも魅力的な人間でい続けることが難しくなってくるし、なによりもそんな関係自体に魅力がない。と言うのは、理想的な男女関係を築くために最も必要なものが、束縛し合う関係には欠落しているからだ。それは、お互いの愛情に対する自信、つまり信頼。

「俺ってすっごい彼女に愛されている♪」と心から安心している男は、彼女を縛ろうとは思わない。女でもそれは同じ。だから必ずしも束縛する方だけに落ち度があるというわけではないのだ。何度も浮気した過去のある女が、男に束縛されるのはある意味仕方ない。ただ、どんなに愛しても愛しても、それでも信用してくれずに束縛しまくる男もいる。それは、お互いの愛情に対する自信というよりも、自分自身に対する自信の欠落。これを回復させるのには時間と手間とたっぷりの愛情が必要（人は、他人に愛されることで自分に自信をつけていくものだと思う。特に、異性に愛されるということは、ストレートに自分自身の自信に繋がるもの。だから、自信喪失気味の男には女が十分すぎるくらいの愛を注いであげること♪ それが束縛されないコツ⁉）。

ちなみにその数日後、後輩Sは束縛魔男の言いなりの下、バイトを辞めた。「さむすぎ！」と嘆《なげ》いていた女たちは一転して、「まぁ、いいんじゃない？」とSを理解した。

「まぁ、Sはまだ二十歳だし、〝男に独占されてる自分〟も好きなんだよね。女には、〝男の束縛がキモチイイ〟時もあるから、分かる分かる。でもそれを窮屈に感じてきてまで黙って従ってたら、競走馬みたいな女になるから気をつけなよ♪」

と私が言うと、Sはポカーンとしていた。

「競走馬みたいな女って馬ヅラってこと？」

と、ナイスボケをかましてきたSに、私は笑いながら説明した。

「競走馬ってさ、自分の意思とは関係なく、まっすぐしか見ないように視界を狭める器具を着けられてるじゃない？　あれ、凄い可哀相だと思うんだよね。女でも同じだよ。広い視野を持って、いろんな世界に出入りしていろんな男と会った上で、自分の男を選ぶことって大事じゃない？　義務感から自分の男だけを見つめるんじゃなくて、色々見た上で自分の男だけしか目に入らない方が、本物じゃない？」

すると、Sはふわっと可愛い笑顔を見せた。

「そっか♪　じゃ、馬みたいに歯茎が長くなるってことじゃないんだ、よかった♪」

天然ボケすぎSに、お姉さんの〝ちょっといい話〟はまったく通じなかった（涙）。

世界の中心で愛を叫べぬ男

ねぇ、ビクターどう思う？度★★★★★

忘れられないキスシーンがある。小説の中でも映画の中でもなく、友達の結婚式での新郎&新婦のものでもない。留学先のフロリダの高校でのダンスパーティで、男友達ビクターと、彼の〝彼氏〟マークがしていたキスだ。

ビクターはデンマークからの留学生で、私は彼ととても仲良しだった。初めて会った時から、彼の話し方や仕草から彼がゲイだということには気付いたけれど、私がそれを確認する前に、彼は自分から〝彼氏〟、マークの話をしてくれた。と、言うよりも、大好きすぎて話さずにはいられない！といった感じで。彼が自分のセクシュアリティにオープンなのは友達に対してだけではなく、留学してきて半年という短さで、学校に「同性愛者を理解する会」というサークルまで作ってしまった！

外国に一人でやってきて、既に生徒の中で仲良しグループが出来上がっている高校生活に馴染むだけでも大変なことを知っていた私は、ビクターの勇気と行動力に誰よりも驚いた。

アメリカは同性愛者に対して日本よりも寛大とはいえ、同性愛がオープンだからこそ彼らを激しく批判する人たちも多く存在しているのだ。ビクターの勇敢さを私は心から尊敬した。「反対されようが軽蔑されようが、全っ然気にならない。だって彼のこと、愛してるから。愛するって素晴らしいことでしょ？　何も悪いことなんてしてないんだから、恥じる必要なんてどこにもない」と、ビクターはいつだって自分の愛にまっすぐだった。

ドレスアップした女の子を、タキシード姿の男の子がフォーマルなパーティにエスコートする、というコンセプトの学校行事〝ホームカミング〟にも、ビクターは堂々とマークをエスコートしてやってきた。普段、ゲイやレズといった自分のセクシュアリティにオープンな子たちの中でも、堂々と同性の恋人とパーティに出席していたのはビクターだけだった。その時、私は彼氏がいなくって、シングルガールズ6人で踊っていた。でも、DJが甘いR&Bをかけた瞬間、「あ〜あ、やってらんない」と女同士言い合って会場の端に下がった。恋人同士のスローダンスの時間だからだ。

ビクターは会場の真ん中で、マークと抱き合うようにして踊り始めた。タキシードを着た者同士が頬を寄せ合って踊る姿に、クスクス笑ったり、後ろ指さしたりする生徒たちも少なくなく、彼等から人が少しずつ離れてゆき、2人の周りには丸いスペースが出来ていった。私がビクターの立場だったら、その時点でとても傷ついて、悲しくなって、恥ずかしくなって、踊るのをやめてしまったかもしれない。

それなのに、その時、

ビクターとマークは、そっとキスをした。

KCi&JoJoの〝Tell Me It's Real〟が流れていた。

とても、美しかった。

私は2人を羨ましいと思った。そんなキスに、心が痺《しび》れるくらいに憧れた。自分が愛する者を「愛している」と言うことは、時にとても勇気がいる。でも、だからこそ、それはとても、美しい。そのキスをみて、私は思った。

同性愛という社会的ハードルを越えてまで自分の愛に堂々としていたビクターは、「彼女あんま可愛くないから」とか「彼女とは同僚だから」とか、そんな小さな理由で人目を気にして、愛を叫ぶことが出来ぬ男を、どう思うだろうって、私はたまに思うんだ。きっと、彼はこう言うと思う。

「つまらない男ね〜、タイプじゃないわ〜！」って。

カフェラテのつまみ男

Chapter 2.

Men we laugh over caffelatte

「お茶しない?」
見知らぬ男に肩を叩かれて、そう言われたら、
女は〝古っ‼〟と呟《つぶや》き、逃げ出すだろう。

「お茶しよう♪」
そう言い合っている男2人組を見かければ、
事実がどうであれ、〝あ、ゲイなんだ♪〟
と私は完全に思い込む。

「――じゃ、今度是非一度、お茶でも」
仕事上の付き合いの女同士、
打ち合わせの詳細を詰めた後で、
私たちはそんな言葉をかけ合う。

そう、この、「お茶」という、
昭和時代の、男が女をナンパする時のためのツールは、
今、平成において、完全に女同士のものとなった。
男は「飯」、女は「お茶」、ナンパも「飯」という法則が出来たのだ。

私たちは、女同士でお茶する時間を、こよなく愛している。

＊＊＊

なぜ、「飯」より「お茶」なのか？
もぐもぐ食べていては、お喋《しゃべ》りがスローダウンしてしまうから。

なぜ、そんなにも喋りたいのか？
女だから。

なにをそんなに喋るのか？
男のこと。仕事のこと。オシャレのこと。男のこと。人生のこと。男のこと。
なぜ、そこに男がいてはならないのか？
男の悪口を言えなくなれば、せっかくのお茶が台無しだから。

＊＊＊

さぁ、ようこそ、平成女のティーパーティへ。

アイスカフェラテにシロップを入れて
ストローでかき混ぜたら、始めましょう。
男の悪口を最高のおつまみに、タバコ片手におとこのはなし。

世界一ロマンティックなメアドを持つ男

脈拍緊急停止度★★★☆☆

ちょっと〝イイナ♪〟と思った男と連絡先を交換した時に、男のメールアドレスで一気に冷めたことがある。「そんなことで？」と思われるかもしれないが、メアド交換なんてものは、男女の第1ステージの中の第1ステップ。〝最初が肝心〟とはよく言ったもので、恋愛の初期段階にも入らない〝出会い〟の時点では、どんな些細《ささい》なことでも冷める原因に成り得る。

だってたとえば、クールで不良っぽい印象のイケメンフリーター拓哉のメアドが、「takuchan-1204-happybirthday@～」だったら、どうだろう……（涙）。たとえば大人しそうで誠実な印象のサラリーマン剛のメアドが、「fuckyou-bitch@～」だったら、どうしよう……（号泣）。数年前までは電話番号をそのままメアドとして使えたが、出会い系サイトの「セフレ募集してます」系のおとりメール無差別送信の被害により、今じゃみんな、メアドは自分のオリジナル。そしてそこにはその人のセンスと正体がさりげなく、時に露《あらわ》に、光っている。

「まったく大袈裟《おおげさ》な」と思われるかもしれないけど、最近も私の周りで、一つのメアドによって一つの出会いが事実上破綻《はたん》した……。女友達S（24）が、新しい男と出会ったかと思いきや、それはただの新たなユニークなメアドとの出会いであり、恋に発展することはなかったのだ。

1年間付き合った男に突然振られてしまったばかりのSは、悲しみを乗り越えようと必死だった。「前に進まなきゃ！」と、新たな出会いを求めて積極的に参加していた合コンで、Sはその男と知り合ったという。「笑顔が可愛くて、優しくて、聞き上手な人。明日、デートなの♪」とSがルンルン浮かれて電話してきたのは、1週間前。昨日、Sと久しぶりに会ったので、「で、どうなの？」と男との進展を尋ねると、Sは苦笑した。

なんでも、デート中、男がとても優しくて聞き上手なので、Sはついつい失恋話まで語ってしまい、泣き出しちゃったんだとか。「泣くなよ」と笑って慰めてくれた男の姿にSは、〝あぁ、これがよく言う、悩みを相談しているうちに……っていう恋なのかしら……〟なんて思ってちょっとときめいていた。

帰り道、Sがひとりで電車に揺られていると、ピロリロリン♪とメールの受信音。男からの、「今日はありがとう」メールかと、Sが浮かれまくってメールを開くと、そこには男からの「メアド変更しました」の一文。そして、その変更されたばかりのメアドは、「nakunayo-egao-misetekure@〜」。

「な、なにこれ……」

電車の中でも思わず呟いてしまったSの中で、急速に、男は過去のひととなったらしい。

笑いを噛み締める私の前でSがキレながら言う。

「一体なんなの？　そのクサすぎるローマ字のメッセージは！　そんなメアドあるかよ!?」

「え、でもそれ、超脈ありじゃん！　だって、Sに向けた言葉をメアドにまでしちゃうって、つまりは新しい告白の方法じゃん！　まじロマンティック……（爆）」

笑いを堪《こら》えることを不可能だと判断し、私が笑い転げていると、Sは言った。

「脈ありかもしれないけど、私の脈が止まったっつーの！」

ほらね。メアドは女の脈さえ、止めかねない（笑）。

マイミク以上ケイバン未満の男

脈なし友達以下?度★★★★★

携帯が普及したことで恋愛事情が変化した、と書いたが、最近ではミクシィの普及も男女関係に〝面倒くさい影響〟を与えている。携帯の中が非公開プライバシーだとすれば、ミクシィは自らの意思による、プライバシー大公開掲示板。登録している本人のプロフィールはもちろんのこと、過去から現在までの日記に、周りの友達の顔写真付きのマイミクリスト、趣味や嗜好を赤裸々に映し出すコミュニティリストまで、情報なんでもフル装備。「あぁ、あのひと、どんな映画が好きなのかしら?あのひとの友達って、どんな感じなのかしら?」なんてちょっと気になる男のことをあれこれ考えてしまう自分に、フト恋の予感を感じる暇もなく、ワンクリックでなんでも、見れちゃう、知れちゃう、情報化社会(涙)。

先日も、女友達から緊急電話がかかってきた。

「今さ、ちょっと気になってる男をミクシィで発見したの！　そしたらその男のマイミクに、あんたのマイミクがいてさ、お互い紹介文なんか書き合っちゃってなんか怪しい感じなんだけど、あんたのマイミクの○○って、その男とどういう関係？」

私には、「知らねぇよ（笑）」としか答えようがなかったが（だって本当に知らん）、こういう風にして、知り合ったばかりの男が自分の女友達のそのまた友達と知り合いだ、なんていう〝繋がり〟が簡単に発覚してしまう。

また別の女友達は、「最近知り合った男に、〝飯でも行こう〟って誘われてるんだけど、奴のミクシィ日記があまりにも日々くだらないから、会話もつまんないんだろうなって思っちゃって遊びに行くの、腰が重いんだよね」なんて言っていた。公開日記、恐るべし（笑）。

そして、ミクシィを始めたばかりの、またまた別の女友達が、いい感じ♪で関係が進展していた男からの連絡が、突然途絶えがちになった理由をみんなで突き詰めて考えてたら、彼女がミクシィで男のページを一日に何度も訪れていることが原因だろう、ということになった。「なにこの女、1時間ごとに見に来てるよ！」と男が、ドン引きしたのだろう。彼女は、〝足跡〟システムを、知らなかったのだ（涙）。

「ミクシィって怖いよね～」と女同士、カフェで、わいわい、被害者面して語り合っていると、この場に招かれざる客的存在だった男友達が突然、「いや、怖いのはてめえら、女だ！」と反論した。彼は先日、勇気を出して女に声をかけ、携帯番号を聞いたところ、「え～ケイバンはちょっと……。でもまぁ、マイミクにならなってあげてもいいよ。○○って名前でやってるから、検索してみて」と言われたとか（笑）。「あ、それ使える～」と爆笑する私たちに、「ったく！　誰がいちいち検索するかってんだよ、面倒くせぇ！　調子に乗るのもいい加減にしろ！」と激怒する男友達。

どうやら、友達以上恋人未満という関係のすぐ下に、〝マイミク以上ケイバン未満の男〟という新カテゴリーが生まれたらしい。ミクシィはこのようにして、現代の男女関係に新たな波紋を呼んでいる（笑）。

オモワセブリ男

暇人度★★★☆☆

「なるべく沢山の女に好かれたい！」

　これは男なら誰もが思うことらしい。女にモテるために自分の男としての魅力を日々磨く、というのなら素敵だけど、そのために日々〝意味の分からない〟地道な努力を続ける男がいる。その名もオモワセブリ男。複数の女に、「俺、君のこと好きかも♪」というさりげないアプローチをすることを趣味とする。さりげないボディタッチから始まって、マメすぎる携帯メール、そして会えば「お前、可愛いよな」なんて連発。どこで調べたのか、女心をくすぐる小さな動きをちょこちょこ取り入れる。

　オモワセブリ男はただ単に女好きで、気が多いだけなのだろうと思っていたが、実はそうでもないようだ。男の後輩F(21)は、正真正銘のオモワセブリ男。先日も、超嬉しそうな顔を隠すことに失敗しながら私に〝悩み〟を相談してきた。

「やっべ〜よ。今、大学の仲間内で3人の女に告《こく》られてさぁ。その女たちも友達同士なわけじゃん、俺どうしよ〜、マジ気まじぃ〜し!」

私は呆《あき》れすぎて失笑しながらFに言った。

「あのさ、顔、超、嬉しそうだよ」

Fはしつこく悩んでいる振りをする。

「いやいや、マジで気まずいんだって! 大学でいつも一緒にいるグループなんだからさ〜。でさ一人の女ともう一人の女なんて、親友なわけよ〜、でさ〜(以下省略)」

下手くそなFの演技に嫌気が差した私はズバッと言った。

「あんた、会う度に〝女に告られた告られた〟言ってるけどさぁ、まったく脈を感じない男にわざわざ告白する女は少ないよ。だからあんたがあっちこっちで思わせぶってるんでしょ? 好きでもない女に告らせて、なぁ〜にがそんなに楽しいわけ?」

Ｆは遂に観念して、ケッて顔して言った。
「いや、だってさ、モテた方が人生楽しいじゃん？」

Ｆのようなオモワセブリ男は、女好きというよりも、どうも〝複数の女に告白される俺〟をエンジョイしているようだ。セックス目的なら男の本能として、まだ分からなくもないんだけど、必ずしもそうとは限らない。女の体で肉体的な快感を得るよりも、「好きです」と言わせることで精神的な快感を求めるタイプなのだ。ヤリチン男がセックスの経験人数を競い合うように、オモワセブリ男は告白された人数を競い合う。この成果を上げるためには、日々、オモワセブリを振りまく努力と時間を惜しまない。

「暇人なんだね」
Ｆに掛ける言葉は、それ以外見つからなかった。

〝セックスできた＝モテる俺〟男

勘違い度★★★★★

先日、昔からの男女仲間6人でワイワイ飲んでいるところに、男友達いわく、〝マジで男〟な地元の先輩（27）がやってきた。7人で盛り上がり、お酒もまわってきて、話題は下ネタへ……（いつも私たちは互いに〝異性としての正直な意見〟を遠慮なしにストレートに交換し合う）。そんな時も男友達は先輩を立てることを忘れない。「いやー、先輩は女関係すごいからなぁ！　モテすぎっすよ！」なんつって。先輩の口元が緩《ゆる》むのを私たち女は見逃さない。先輩はちょっと嬉しそうに言う。「まぁ去年の夏は100人斬りに成功しちゃって、地元で噂になっちゃって、気まじぃから！　まーじーでー！」

そこに、容赦《ようしゃ》ない女友達の発言がシャープに飛ぶ。

「最低でもその中の80人はブスだろうね」

もう一人の女友達が続ける。

「まぁ、そんなもんじゃない？　女を選ぶ暇を惜しんで、とにかくやり続けないとなかなかこなせない数でしょ、3ヵ月で100人って」

そして、私が先輩に聞いてみる。

「そんなにいろんな女相手にしてたら、まともに恋愛する暇ないよね。セックスだけじゃない真剣な恋愛は経験したことないんですか？」

私たち女は全員で勝手に話をまとめる。

「えぇ、それって超寂しくなぁい？　そんな夏、絶対いや〜！」


東京の女は怖いしムカつくし大嫌いだ、と言い残して先輩は怒って帰っていき、私たちは男友達に怒られた（笑）。

「浮気しちゃった」とか「不倫してる」と友達に報告する時の男の顔は、いつだってちょっと口がニヤけてる。平静を装ったり、悩んでいるように見せようとしても、男は口元に感情が出てしまう場合が多いらしい。どんな状況であれ、とりあえず女とセックスができた、ということが嬉しいのだろう。男の中では、どうやら〝女とセックスができた＝女にモテた〟という単純すぎて涙が出そうになる程シンプルな方程式が成り立っているようだ。その証拠に、セックスの経験人数が多い男は、男から〝あいつはモテる〟と尊敬されているし、童貞をバカにするのは女よりも男の方だ。私は男になったことがないから、もしかしたら男にとって女にセックスをすることを承諾《しょうだく》してもらう、というのは女の想像以上に大変なことなのかもしれない。それに、男は自分の子孫を沢山残したいという本能から大勢の女とセックスがしたいため、それを達成出来る男は〝勇者〟のように扱われるものなのかもしれない。

ただ、私が思うのは、〝セックスの経験人数〟と〝モテ度〟は比例するわけじゃないってこと。特に、セックス武勇伝をひけらかすような男とだけは、私は死んでもセックスしたくない！

私だけに優しい男

NG度★★★☆☆

初デート。ほとんどの男は女に優しい（好きな子をついつい苛《いじ》めちゃう小学生男子以外なら）。私も初デートで男に意地悪された記憶はあまりない。まぁ、その優しさがただの下心なのか真剣な想いなのかはその段階では分からないけど、とにかく知り合ったばかりだし、私によくしてくれる。そして中には、私だけに優しい男もいた。


「リリ、何が食べたい？」

「じゃあ、あの店に行こう！」

「気に入ってもらえるといいな～！」

男の紳士的なリードの下、私はレストランに入った。〝感じのいい人だなぁ〟なんて思いながら席に着くと、男が突然ドスの利いた叫び声を上げる。

「おいっ‼　灰皿持ってこいよっ！」

店中の客が振り返って私たちを見た。ボー然とする私に、男は優しく微笑みかける。

「リリ、タバコ吸うよね～？」

私がとりあえずニコチンで気分を落ち着かせようとタバコを一本出すと、男はサッとジッポで火をつけてくれる（ホスト？）。まぁここは気を取り直して、私は男とカクテルで乾杯。

しかし、メインのパスタがテーブルに運ばれてきたので食べ始めた時に、また男が豹変《ひょうへん》。右手を挙げてパチンと指を鳴らしウェイターを席まで呼びつけると（何様⁉　てか、古くね？）、顔を意地悪くしかめて大声を出した。

「おいっ‼　なんだよこれ⁉　冷めてんだけど？　作り直せよ‼」

「すみません……」

頭を下げるウェイターに、私も「いえいえ、本当にすみません！」と頭を下げる。

「リリは謝ることないよ～！」

男の笑顔に私はブチ切れ寸前……（てめぇが謝れよ‼）。

「あ、私今日〆切りの原稿あるから早めに帰らないといけないんだよね……」

適当な口実で私は早々とこの最悪なデートから抜け出すことに。私にだけはなぜか紳士的な男は、快《こころよ》くそれを承諾し、タクシーを店の前まで呼んでくれた。と、いうかウェイターに呼ばせた（汗）。

私が一人でそのタクシーに乗ろうとすると、男は〝途中まで自分も乗っていく〟と言いタクシーに乗り込んだ。そして、あまり道に詳しくない運転手を男が罵倒《ばとう》し始めた時、私は遂に叫んだ。

「ちょっとやめなよ！　失礼でしょうが‼　礼儀ってものを知らないわけ？　一緒にいて超恥ずかしいんだけど‼」

男は私に向かってチッと大きく舌打ちし、運転手に「ここで止めろっ！」と命令して車を止めると、スタスタと六本木の街に消えていった。

「ちょっと、今の男、ありえなくないですか⁉　何ですか、あれ？」

私はカーッと頭に血が上っていくのを感じながら、運転手さんに男の愚痴をぶちまけた（これも運転手さんにとっては迷惑）。

「運転手さん、あの男のせいで嫌な思いしましたよね、本当にごめんなさいね‼」

と男の態度を謝る私に50代半ばのおじさんは優しい声でこう言った。

「私は大丈夫ですよ。ああいう方、たまにいらっしゃるんですよ。でも、ああいう男性はやめておいた方がいいですよ。関係が深くなった時には女性にもああいう態度をとりますからね」

私は頷《うなず》いた。

「私もそう思います‼　それに一緒にいるだけで私まで失礼な人間だと思われる。ああ、これは完全に私の人選ミスです。大丈夫‼　もう二度と会いませんから‼

絶対に！」
（運転手さんは別にそこまで聞いていない）

ちょっとばかし有名な男

名前を餌にセックス求む度★☆☆☆

「チッ！　俺が有名になって後悔しても知らねぇぞ!?」ｂｙ駆け出しのお笑い芸人。

かなり衝撃的なその名言を聞いたその夜、私は六本木ホステスのＳちゃんの店外営業に付き合って、有名お笑いタレントＺ＆その連れのちょっと有名な後輩多数が集まっているカラオケに参加していた。Ｚさんはとても良い人だったが、彼の後輩

の一部がとても変だった。突然、

「お前らー！　ZさんとHしたいかぁー!?」

という謎のかけ声をかけ、

「おーーーっ!!」

と自ら応えたり……。

「俺、多分今年ブレイクするぜ？　だから、どう？」

と変な誘い方をしてきたり、彼らの行動は終始意味不明だった。彼らはなぜか、〝全ての女は有名人とHしたいのだ！〟と信じているようなのだ。

　これはお笑い芸人に限らない。自称有名アーティスト、プロデューサーなどなど、ちょっとばかし有名な男が、その知名度を餌に女をベッドに誘うってのはよくある話。それを目の当たりにする度に、たまに有名人が〝女にモテるために有名になりたかったんだ〟と言うけれど、それは〝グルーピーとセックスしまくるために〟という意味なのか!?　と一瞬疑ってしまう（もちろんそうでない人も沢山いるけど）。

〝有名な名前〟とセックスする女も女だけど、それを餌にセックスを求める男も男だ……。両者共にサムすぎる。しかもそういう男に限って、大したことない奴が多い。天才的な才能で超有名になった男は、既に超有名なのだから自らその知名度を自慢することもない。ただ、ちょっと有名にはなったもののそこまでのレベルには到達することは出来ない男、そして決してモテることのない青春時代を送ってきた男が、ここぞとばかりにやたらと自己紹介をしたがるのだ。そして、その自己紹介が直接〝口説き〟に繋がっているのは本当にイタダケナイ。


そして、冒頭の台詞《せりふ》だけど……。かつてセックスの誘いを断ったことのある男が、ある日TVの中で有名になっているのを見て、私が、

「ちっくしょ～‼　あの時、Hしておけばよかったぁ！　くっそー‼」

とTVの前で顔を真っ赤にして地団駄《じだんだ》を踏むと、なぜ、彼は思うのだろうか……(涙)。

下ネタのTPO

大事度★★★★★

「昨日の聞いた？　ちょっとエッチすぎるよね〜♪」

中学生の頃、朝学校に着くなり女友達とウキウキしながら話題にしていたのは、深夜のラジオ番組〝福山雅治のオールナイトニッポン〟。「おやすみなさい」を言った後で、親にバレないようにこっそりとラジカセにイヤフォンをして、ベッドの中で、かっこいいお兄さんがするエッチな話にドキドキしていた。

私がなぜそんなことを思い出したかと言うと、女友達I（25）が仕事場での〝下ネタ〟に激怒していたから。打ち合わせ中に突然下ネタを挟んで笑いをとろうとする上司（50代）がいるらしいのだ。先日も、Iが真面目な話をしていたら突然上司が、「俺、巨乳フェチでさ〜」と謎のカミングアウトをしてきたそう。ひきつりまくったIの表情を無視して、上司は「男は皆スケベな生き物だ〜！　ガハハ！」と自分のスケベキャラをひとりで大いに楽しんでいたそう。同じ下ネタでも、深夜眠い目をこすってでも聴きたいと思う程にドキドキするものと、昼下がりのオフィスで相手をぶん殴りたくなるくらい不快に聞こえるものがあるのか……。

福山雅治と50代のおっさん。もちろんそのビジュアルの違いも、女の下ネタの受け取り方を大きく変えていることは否めないが、何よりもの違いはＴＰＯ。下ネタは、時・場所・状況を間違えるとただのセクハラだ。

でもそれって、男からしても同じはず。深夜番組の巨乳水着美女のエロ発言にはドキドキしても、仕事の打ち合わせ中に仲間のおばさんに突然、「私、巨根フェチでさ〜」なんて言われたら……、ざっと1キロメートルくらい、引くよねぇ。

俺なんて男

面倒臭い度★★☆☆☆

自虐的なギャグを言う男には好感が持てるけれど、ギャグを超えて自虐的な男はイヤ。謙虚な姿勢と、究極のネガティブ思考は別ものだ。たとえば初対面の飲みの席なんかで、

「俺なんて全然モテないからさ〜、もう10年もセックスしてないよ、やんなっちゃうよ！　マジで！（笑）」

と切ない事実で皆の笑いをとる男は面白いけど、

「俺なんて全然モテなくて10年性交してないんだ。俺なんてもう存在価値がないような気がして……」

という重い告白を突然してくる男は怖い。

前者と後者の違いは、同じ事実を笑い飛ばせるか、飛ばせないか。自分に自信を持っているかどうかでそれは変わってくる。もちろん、自信喪失に陥る時は誰にでもある。そんな時は誰もが誰かに慰めてもらいたくなる。誰かに褒めてもらうことで、一度崩れてしまった自信を取り返したいと思うものだ。友達が〝俺なんて〟、〝私なんて〟状態になっていたら、私は全身全霊をかけて慰めて、褒めて、必死に勇気づけるし、私がそうなってしまった時には、ここぞとばかりに大袈裟に褒めてもらいたくなる。しかし、初対面の女に〝俺なんて〟を突きつける男というのは、そういう状態に陥ってしまっているというよりも、そういう性格になってしまっている場合が多い。

初対面で、または永遠に、〝俺なんて〟と愚痴られていては、一緒にいてこちらまで落ち込んでしまう。しばらくすると、〝褒められたいからわざと言ってるのかな？〟と疑ってしまうし、褒め続けるという行為もなかなかカロリーを消費するハードワークだ。疲れてしまう。しかも〝俺なんて〟が悩みではなく性格になってしまっている男は、次第に〝俺たちなんて〟と相手まで巻き込んで落としてくるか、〝君はいいよね〟と相手に対して嫌味を言い出すのがオチなのだ。

先日女友達F（25）がこの手の〝俺なんて〟男と遭遇《そうぐう》してしまったらしい。

「なんで初デートなのに愚痴ばっかなの？　もう帰るわ」

男の愚痴のあまりのしつこさにFが頭にきて席を立つと、男が信じられない一言をポロッと漏らしたそう。

「え？　マジで？　だいたい女はこうするとHさしてくれんだけどなぁ」

〝俺なんて〟攻撃にはそういう企《たくら》みもあったのか……。

女々しい男

ビンタ度★★★☆☆

数年前から、女を褒める形容詞として〝男らしい〟が使われ始めた。実際に私も、バリバリと仕事をこなし、性格がサバサバしている女に「男前だね！」と言ったりする。〝男らしい〟という言葉が、強い、いさましいなどプラスの意味で使われ、〝女々しい〟という言葉が、軟弱、いくじがない、未練がましいなど、マイナスの意味で使われることに納得がいかないけど、まぁ、それは置いておく。

日頃から小さなことでクヨクヨし、何か問題が起こると（それもまた、大したことではない）いつまでもウジウジ悩み続ける男がたまにいる。そしてこういう女々しい男に、私はよく相談相手として抜擢《ばってき》される（嬉しくない）。先日も、私の友達の中で誰よりも〝弱っちい〟男友達から電話がかかってきた。

「この前、職場で先輩にひどく叱られてさ。俺、提出する書類に誤字脱字が多いみたいなんだよ。それ以来、書類を作るのが怖くなっちゃって、仕事にならないんだ……」

女々しい男は決まって長電話好きなので、手短に済まそうと、私は無意識に早口になる。

「書き終わった後に、ダブルチェックすればいいだけの話でしょ。そんなんで怖くなってたら、生きていけないよ？」

男友達は、ちょっと怒った様子で、こう答えた。

「もう半年以上悩んでるんだ！　そんな簡単に言うなよ！」

私は、返す言葉もなく、心底幻滅した。世の中には、もっと大きな悩みを抱えながらも前向きに、必死で生きている人が何人いることか……。

いつかどこかで読んだ一文を思い出す。〝強くなんてならなくていい。弱い人の気持ちが分からなくなるから……〟。素晴らしい意見だ、と感動したから今でも覚えている。でも、誤字脱字を注意されたくらいで、半年間も悩む男に同情なんて出来ない。〝男らしい〟、〝女らしい〟という言葉は好きじゃないけど、やっぱり女は、男に強くあってほしいと願う。男が、女に優しくあってほしいと願うのと同じように。

女々しい男には、お目覚めのビンタが一発、必要だ。

ブリ男

肉じゃが度★★★★☆

涙ぐんだ瞳をウルウルさせながら上目遣いで男を見詰め、「得意料理は肉じゃがですぅ」と言う女がいたら、必ずブリッコと呼ばれ嫌われる。惚れた男に好かれたいという気持ちからの行動なら分かるが、どちらにしても、その手段があまりに単純すぎて悲しい。しかし「ブリッコな女は嫌われる」というのも有名な話なので、これをやる女は滅多にいない。今、多いのがこれをやる男、ブリ男だ。

たとえば、女が同席する飲みの席で、「俺は、毎回Hの後、ちゃんと腕枕するよ！」などと、聞かれてもいないのに自ら〝セックス後の腕枕〟を〝売り〟にする男。それを聞いて、「え～いい男～！　好感度アップ～！」となる女は、単純すぎる（ちなみに、こういう女は単に自分の好感度アップのために、男の求めるリアクションをそのまま演じているだけだったりもする。もしキャバクラで接客中なら、私だってそう答える）。でも私は、本当はこう思う。

〝うわっ！　女の〝肉じゃが〟に匹敵する男の媚《こ》び台詞だ！　もう少しひねろうよ……。それに毎回腕枕ってなに？　セックスがマニュアル化されてるわけ？〟（ちなみに、こういう反応は男に一番嫌われる）

世の中には、「女は○○な男が好き」とか、「男は○○な女が好き」という認識が沢山ある。これは多分、多くの同性の意見が一致したため、それをメディアが〝これがモテる‼〟というような切り口で大々的に取り上げ、皆の頭にそうインプットされたのだろう。初めは一人の個人的な意見だったことも、今では既にちょっとした常識になっていたりする。たとえば、男は、〝美味しい肉じゃがを作れる家庭的な女が好き〟とか、〝女の上目遣いにやられる〟とか。女は、〝車をバックさせる時の男の仕草に弱い〟とか、〝手が綺麗な男に惹《ひ》かれる〟とかね。これらは、多くの人の共感を得ただけあって、かなり的を射ていると思う。ただこれは皆が知っていることなので、この情報をもとに異性に媚びることほどわざとらしいことはない。

〝セックスの後の腕枕〟もその一つだが、「女にとっては、セックス後が肝心！　すぐにタバコを吸う男は嫌われる！　腕枕をしてあげたり、優しくすることでポイントアップ！」……というような男性誌の〝モテるための性教育〟を鵜呑《うの》みにしないでほしい。確かに、セックスの後で急に男に冷たくされたら悲しいし、好きな男の腕枕で眠るのは、幸せ。でもそれは、〝セックスの後も、寄り添っていたい！　抱き合って眠りたい！〟という気持ちから、自然と生まれる行動でなくちゃ、意味がない。

そう思う時にだけ、すればいいことだ。セックスは、お互いの性欲を満たす行為でもあるけれど、男と女が愛し合うため、お互いの体を一番近くに感じるための究極の形だと思う。その愛し合い方が、相手が変わっても同じって変だ。毎回毎回セックスの後に腕枕なんて……、そんな風にマニュアル化されたセックスなんて……、不自然だ！

セックスはこうでなければ、なんてルールはない。寄り添って眠りたいと思えば、腕枕をすればいい！　セックスの後、タバコが吸いたくなったなら、バンバン吸えばいい！　生き方だって同じ。異性にどう思われるかなんて関係なしに、自分が思うように、ありのまま、まっすぐ自由に生きたらいい！

女たちよ、大志を抱け！

Chapter 3.

Girls be Ambitious!

女たるもの、モテるべからず

大和撫子、敗退の危機度★★★★☆

今の日本で、不特定多数の男にモテようと思ったら、ハッキリいって超簡単。

まず、髪の毛をダークブラウンに染めてセミロングにカット。それに、ゆる〜いカールの〝モテ巻き〟なるものを施し、決して個性が際立たないようなシンプルかつクリーンな白の膝丈ワンピなんかを身に着ける。背の低い男にも気を使い、自分の身長とのバランスを吟味《ぎんみ》して、決して男の自尊心を傷つけないよう選び抜いた高さのヒールのパンプスをチョイス。ナチュラルメイクに映るように心がけた、でも実はかなり丹念に作りこんだ顔からは常に優しそうな微笑みを絶やさず、男のクソつまらないジョークにも楽しそうに笑うこと。自分の話、特に仕事における成功談などは決して出さず、男の言うこと為すこと全てに対して「すご〜い♪」と、男がまるで神であるかのように手を叩いて褒め称える。メールはまめに、常にハートマークを絶やすことなく、「あたし、アナタに告白されたらオッケーするよ♪」という〝隙〟を、本当は告られてから断ろうと思っていても、誰にでもかもし出すのだ。これは、男の質より量、つまりは告られる人数を重要視する〝モテたい〟女にはオススメの技だ。

だってここは、可愛くてひたすら優しい女がモテる国、ジャパン。その噂は今や世界中に広まり、世界中の強い女たちに対抗できない弱い男たちが、そんな日本のモテ系女を目当てに海外から押しかけてくる始末……。フランス人の男友達は、私にこう言った。

「たとえば俺が最高につまらないジョークを飛ばしたとする。アメリカ人の女には〝つまんねぇよ〟と大声で否定されるし、フランス人の女には顔を背けられて黙殺される。日本人の女？　手を叩いて笑ってくれるよ。それは日本の女の子の優しくて素晴らしいところだと思うんだけど、残念なことに、俺たちガイジンの男の中では、〝祖国の女に相手にされない駄目な男が日本人の女に逃げる〟って法則が成り立っているよ。日本の女の子って、駄目な奴にもとにかくひたすら優しいからね……」

まったく同じようなことを、アメリカ人の女友達も言っていた。

この悔しさをあえて国際語である英語で表現するなら、「ＦＵＣＫ！」。もうこれは、私たち日本人女にとって、ＦＵＣＫ‼　としか言いようのない事態である。いかなる場合でも男を立てることが女の美徳とされた、大和撫子魂が裏目に出て、国際的にナメられちゃ、本当にたまらない……（と、言ってもこのフランス人の男友達は私の日本人の女友達と付き合っていて、彼女は最高にイイ女なので、もちろんケースバイケース。ただ、国際的にそういう噂があるのは事実……）。

そんな事態に頭を抱えていた私に、日本人女性がミス・ユニバースになったとの朗報が入ってきた。森理世さん（20）。「やった～！　同じ日本人の女として本当に誇らしい！　ありがとう～‼」という気持ちでＴＶを覗き込むと、世界が認めたユ

ニバース1位の大和撫子は、身長175㎝の抜群のスタイルに、強さの滲み出る堂々とした態度が清々《すがすが》しい美女‼

しかしやはり、世界基準の美女は、日本でモテるタイプではなかったのだろう。堂々とした態度が裏目に出て、一部では〝タカビー女〟だなんて酷《ひど》い言葉で叩かれている……。日本人として誇るべき快挙を遂げた彼女に対してのその反応に、私は愕然《がくぜん》とした。なぜ、日本人は、自信に満ち溢れた態度、人とは違う強烈な個性、を持っている女にすぐにタカビーだ、自意識過剰だ、と眉をひそめるのだろう……。それはおかしい！　だって日本人が嫌悪感を抱く、その自信と個性こそが、彼女がミス・ユニバースに選ばれた理由なのだから。これは、世界と日本の美しいとされる女の条件が、かなりズレていることを顕著に示していると思う（それに、彼女の発言がちょっと生意気に聞こえたとしても、まだ20歳じゃない！　生意気じゃない20歳よりよっぽど魅力的だと私は思うのだけど……。しかもミス・ユニバースだよ？〝私なんて全然ですぅ♪〟って謙遜《けんそん》している方が嫌だわ！）。

ミス・ユニバースの件はたとえの一つに過ぎなくとも、身長、実績、態度が自分より〝デカい〟女というのは、一般的には男にモテないのだ。だったら女は、多くの男より、〝小さく〟いるべきだろうか？　全てにおいて必死に努力して、〝小さく〟なるべきだろうか？　モテるために？　それは違うだろ、と私は思う。

私は、男が女にモテるために、女より〝デカく〟、〝デカく〟と頑張って、上へ上へと成長する姿は、素晴らしいと思うのだ。だって、モテたいという気持ちから、どんどん進化していくわけだから。それに対して、今の日本で、女が〝モテ〟を目指したら、女は退化していくだけじゃないっ！

私は何も、がむしゃらに、日本人女性に欧米化を求めているわけじゃない。大和撫子の謙虚な姿勢や優しさは、日本人女性の最大の魅力のひとつだと思う（だからこそ、自信を通り越した高飛車な態度は日本人には似合わない！　やっぱり〝能ある鷹は爪を隠す〟スタイルの、内に秘めた自信、というのが一番魅力的だと思う）。

ただ、かつて、日本の侍魂を支えていたのだって、私たちの祖先、大和撫子たちの真なる強さあってのもの。

だからこそ、今のこの、わけの分からない〝モテブーム〟に乗っかって〝男に媚びるアホみたいに優しい女〟を演じるんじゃなくて、日本人の女であることに誇りを持って、強く賢く美しい、ありのままの姿でいようじゃないのっ!!

デキる女を恐れるべからず

「モテる」より「デキる」がいい度★★★★★

「女の自立やキャリアに嫉妬する男は、まったく魅力的じゃない! 自分にちゃんと自信を持っている男は、強い女にも脅威を感じないはずよ!」

これは、NYシティを舞台に30代キャリアウーマンのシングルライフを描いた大人気TV番組〝SEX AND THE CITY〟の主人公、キャリー役を演じたサラ・ジェシカ・パーカーのお言葉。このドラマの爆発的なヒットが裏付けるように、今は〝デキる女〟の時代。経済的にも精神的にも自立した強い女になろう、と女性誌などのメディアがこぞって特集を組んでいる。〝可愛い女〟より、〝カッコイイ女〟を女が支持する時代なのだ。世の中の動きに敏感な女たちは、それらに感化され、キャリアアップを目指し、勢いよく前へ前へと突き進む。

そんな時代に置いていかれてしまった可哀相な男たちがいる。急激に女のライフスタイルが変化した今の日本には、大勢いる。「男より女が〝デキる〟なんてありえん！」という古風な考えをお持ちの男が。つまりサラ・ジェシカに魅力を感じないという、女の自立やキャリアに嫉妬する、自信のない男。

そんな男たちは、〝デキる女〟を恐れている。女、特に自分の女が、自分より収入が多かったり、キャリアが順調では、彼らの中の夢の台詞、「女は黙って、男について来い！」が言えなくなるからである。一昔前なら、これは女にとってとても心強い台詞だったのだろう。女が就職することが難しかった時代には、女は男に生活を支えてもらう他に選択肢がなかったのだから。

しかし今となっては、こんな台詞、男に対等に扱われることを好む〝デキる女〟にはフッと鼻で笑われてしまう。そのことを実は誰より自覚している彼らは、〝デキる女〟には決して寄り付かない。無意識の内に、自分が優位に立てる、自分が心地よく見下せるような女を好むのだ。

そんなわけで、〝デキる女〟を口説く男というのは、人数的にはかなり少ないが、必然的に自分に自信を持った男が多い。その典型が、世界で一番美しいカップルだと言われている〝ブランジェリーナ〟。アンジェリーナ・ジョリー＆ブラッド・ピットだ。天下のブラピよりも勢いがあって、強い女なんて多分世界にアンジーくらいしかいない（笑）。基本的には強くてセクシー＆ワイルドな女を好むアメリカ人男でさえ、アンジーを口説く勇気を持つ者は少ないだろう。声を掛けた瞬間に、「は?」って冷たくあしらわれそうだもんね……。それなのにブラピは、〝アメリカの恋人〟と呼ばれるモテ度トップクラスの妻を捨て、世界チャンピオン級にワイルドな、アンジーに走った(まぁ、それはそれで酷いと思うけど……)。

チャーミングな妻以外にも、「ブラピ様〜! 私、黙って貴方について行きます!」という女は世界中に数億人もいるだろうが(ちなみに私もその一人だが)、彼は、唯一そんなことを言わない女、養子にした子供たちを女手一つで育てる、誰よりも自立した、〝デキる女〟を選んだのだ。

『デキる女を愛するのはデキる男』、『デキない女を求めるのはデキない男』という法則を見出した私は、大勢のデキない男たちにモテることなんかより、一人のデキる男に愛される〝デキる女〟を目指したい!!

P.S. しかし、

『デキる女には、自分の負けをアッサリ認めることの〝デキる〟男』という法則もある。その中には、デキる女に挑発されて自分も頑張るということではなく、「君すごいね〜じゃあ、僕を養って〜」系のヒモ男も混じっている。デキる女は、自分がいつもピシッと仕事をしているもんだから、そんなヒモ男の〝ゆる〜さ〟に癒しを感じ、自らヒモ男にはまり込んだりする場合も、実は少なくない（何気にこの〝デキる女&駄目男カップル〟の方が、〝ブランジェリーナ系カップル〟よりも、遥かに多い）。これは、デキる女の最大の弱点なのかもしれない……。

現代の白馬の王子様①

オンもオフも完璧度★★★★★

大学時代の女友達5人と久しぶりにパーティをした。黒のミニドレスなんかをエロく着こなしちゃって、まるで映画『コヨーテ・アグリー』に出てくるバーテンダーたちのように踊りながらテキーラを飲む、超ホットな彼女たちだけど、昼間は、銀行員、大使館勤務、通訳など、全員スーパーが付くほどエリートで、お堅い仕事をしている（フリーランスの物書きなんてフラついた仕事をしているのは、私だけ……。もちろん大学を留年したのも、私だけ……）。

ガールズトークが過激化し、バーにいる他のお客さんの顔色が気になり始めると、会話は全て下ネタ用語が豊富な英語にシフトされる。帰国子女以外の女も、完璧に英語を使いこなす。「yeah, he was just so proud of that lil'thing!」「Oh,then, he should put his so proud dick on the table right now, infront of us, you know?」なぁんて、久々のお下品英会話に私も燃えたが、話題が〝男のアソコ〟から〝ブラジルのクラブミュージック〟に変わり、会話の言語が英語からポルトガル語にシフトされた時、私は止まった（私以外は全員、ポルトガル語学科出身）。

そして、客観的に彼女たちを見て、「なんだこいつら?」と思った（笑）。最先端のセクシー系ファッションに派手めのメイクで、タバコをふかしながら最近のパーティ事情について話す彼女たちは、昼間、スーツ姿にナチュラルメイクでビジネスウーマンしているのである。昼と夜、オンとオフの振り幅の広さに、唖然とした。そして彼女たちこそ、私が理想とする男(!)の姿だと気が付いてしまった。

立派な仕事をしていて、外国語が話せて、ファッションセンスが良くて、パーティ上手な男。こう並べてみると、とても表面的なことのように思われるかもしれないけれど、実はどれも短期間で為せる業じゃない。まず、倍率の高い職業につけたということは、学生時代に学ぶべきことをキチンと学んできたか、何か一つの道を極めてきた証拠である。外国語の習得は、長い時間をかけて単語を一つずつ覚えていくことから始まる作業で、これは〝努力の賜物《たまもの》〟以外のなんでもない(私みたいなノンキ系帰国子女以外)。ファッションセンスも、お洒落《しゃれ》に興味を持って、色んなスタイルを試し、失敗を繰り返し、その中で磨かれていくもの。そして、パーティにも〝経験〟が必要。遊ぶことに慣れていなければ、パーティ会場から自然と浮いてしまうものなのだ。その全てを身に付けているということは、10代の頃から好奇心旺盛で、色んなことに本気でチャレンジしてきたということ。そんな男の、人生に対する〝マジさ〟に惹かれずにはいられない。

昔々あるところの白馬の王子様は、〝生まれた時から〟かっこよくて優しくてお金持ちだった。今は、〝自分の力で〟ステータスを手に入れる男が、女の理想。

現代の白馬の王子様②

出会える可能性はゼロに近い度★★★★☆

一昔前は、女が仕事をするということ自体が難しかったため、〝いい男と結婚すること〟に女の人生の幸せがかかっていたらしい。もっと昔は、女ができる仕事というもの自体がなかったため、〝結婚できない女＝食いっぱぐれる〟という運命が決まっていて、独身の年老いた女は、孤児ないし、孤女と呼ばれていたとか。孤女たちを保護する施設まであったというんだから、もう、最悪……（その事実は、今まで観たどんなホラー映画より恐ろしい）。

幸い今は、女も頑張れば男以上にお金を稼ぐことが可能な時代になった。経済的にも精神的にも自立している女に、結婚後の幸せな人生を約束してくれる、白馬に乗った王子様はもう必要ないのかもしれない。だけど、働く女の胸の中には常に〝自立したい〟という思いと〝男に頼りたい〟という思いがクロスしているように思う。私自身、キャリアアップしたいという野望も自立心も強いけれど、仕事が辛くなる度に〝あぁ、結婚して旦那に養ってもらえたらどんなに楽だろう……〟と思う。矛盾しているのは分かっているし、〝男に頼る〟なんて嫌なはずなのに、たまに本気でそう思ってしまうのは否定出来ない事実。子供の頃に読んだシンデレラの影響か、〝いつか白馬に乗った王子様が現れれば、全ては上手くいく〟という夢物語に簡単にはフタを出来ずにいるのだ。

私の周りにいるキャリアウーマンな女たちも、やっぱり心のどこかで王子様を探している様子。ただ、女を取り巻く状況が変わった今、王子様像も変化した。昔々あるところの女たちが憧れた白馬の王子様は、お金持ちでかっこよくて優しかったけれど、現代の女が憧れる王子様は、それだけじゃ力不足。女も社会に出て視野が広がった分、王子様に求める条件が厳しくなったのだ‼　その結果、ある日突然王子様が白馬に乗って迎えに来てくれる可能性は、昔以上に低くなった（笑）。それでも、私たちは子供の頃からの夢物語で大層盛り上がる。

「背が高くて、かっこよくて、オシャレで、優しくて、仕事が出来て、金持ちで、外国語が喋れて、パーティ上手で、多趣味で、それでいて誠実な男と、運命的な出会いがしたぁい‼」

今夜も、女友達5人で飲んでいると、誰かが〝王子様ばなし〟を切り出した。でもちょっとすると、

「そんな男いねーよ」

　誰かが言い、

「いてもうちらみたいな女じゃ相手にされないよ」

　と誰かが言って、私たちの〝王子様ばなし〟は速攻で幕を閉じる（笑）。男に対する理想が高くなればなるほど、自分自身も〝いい女〟にならなくてはならなくなることを私たちは知っている。自分だって完璧じゃないのに、男に完璧は求められない。私たちは急にとても謙虚になってシュンとする。

　しかし、

「いや！　ちょっと待ってよ！」

　と誰かが言って、また〝王子様ばなし〟が再開した。

「私たちって、その辺の男よりもかっこいいし、ファッションセンスだって悪くない。時と場合によればとっても優しいし、仕事も出来る方じゃない？　お金もそこそこ稼いでるし、英語いけるし、パーティガールだし、多趣味！　一度男に惚れこめばかなり誠実に愛し続けるタイプじゃない⁉　大丈夫うちら、イケる！」

「確かに～‼」

私たちは一瞬、自分に酔いしれるようにして盛り上がる。だけど、ここでまた問題発生。私たちの思う〝いい女〟と、男が求める〝いい女〟はイコールじゃない場合が多いのだ。私は「うちらって最高～♪」とテキーラ片手に踊りだす数秒前にそのことに気付き、ハッと我に返った。


「違うって！　ほとんどの男にとっては、そんな女は〝怖い〟だけ！　背が低めで、かっこいいんじゃなくって可愛くて、仕事はそこそこに、パーティなんて行かない、家庭的な女の方が、絶対男受けするんだってば！」

そこからはもう、全員が一斉に発言し出す。

「いいや、全てを持っている男は、デキる女に引きはしない！」

「ん～まぁね。でも甘いね。うちら自分たちが綺麗な気でいるけどさ、所詮一般人レベルでしょうが。完璧な男は、美しいモデルに取られちゃうね」

「そうだよねぇ、私が完璧な男だったら、極上の美人しか抱かないもんなぁ」

「美人は3日で飽きるとか言うじゃん！　私、モデルになんかにゃ負けたくないわ！」

「馬鹿だねぇ、この前一緒にファッションショー行った時、あんたも見たでしょう？　あの脚線美！」

「え、でも……（省略）……」

「だけど……（省略）……」

そして数分後、

「てか、もういいや!!　完璧な男なんてつまんなそう!!」

という誰かの発言に、私たちは皆「うんうんそうだね」となぜか不思議と納得し、〝王子様ばなし〟は遂に完結した（笑）。

ワタクシに相応しい完璧男

倍率高い度★★★★☆

「年々、男に対しての条件が厳しくなってきちゃう」

女友達T（30）が車を運転しながら言った。Tは、ショートヘアの似合うワイルド系の美人で、数年前に起業し、今では美容関係の会社の代表取締役社長。

「Tの条件って、仕事でそれなりの地位についた30代独身で、金、顔、身長、全てを兼ね備えた完璧男でしょ？　それって、私の苦手なカテゴリー！」

私は助手席でCDを選びながら答える。

「苦手？　嘘でしょ？」

Tはついつい道路から目を離して私の方を振り返る。

「本当。だって、ちょっとオトナでちょっと成功してる男って、年下の女を見つけると何かしらアドバイスしたがるんだもん。対等に話すことを拒む人が多いから、ヤダ。私、フツーの若者がいい」

私はFree TEMPOのアルバムを見つけて、車内に流す。

「それはまだあんたが25で、あんた自身も青いからだよ。やっぱ、私も部下がいる立場だから、同じ目線で仕事の話が出来る男がいいし」

そっか〜、と適当に相槌《あいづち》を打ちながら私は音にノリノリ。そんな私を無視して、Tは続けた。

「やっぱ、私クラスの女になるとさ、釣り合う男がいなくって大変なのよ！　でもね、最近実は、いい出会いがあったの。嘘みたいに完璧な男。彼も私にメロメロみたいなの。ウフフ♪」

「…………」

そしてその数週間後、Tは、一緒に入ったコンビニで悲鳴を上げた。彼女は週刊誌を持ったまま立ち尽くしていた。〝いい感じ〟に関係が進んでいたはずの完璧男が、超有名女優と婚約したというスクープ記事を見つけたのだ……。

「やっとワタクシに相応しい完璧男を見つけたわぁ！」

とTが自信に満ち溢れた発言をしまくっていた矢先の事件だった。

「私の出る幕じゃなかった……」

苦笑する彼女に、私は「ほんとごめん」と謝りながらも込み上げて来る笑いをこらえることが出来なかった。

受験者が多くて、倍率が高い学校の偏差値が上がるのと同じで、モテモテ完璧男が選ぶデキる女のレベルというのも、半端なく高いらしい。

いろんな恋と それぞれの想い

Chapter 4.

Alone in the Relationship

PRIVATE ROOM & BAR

ロストジェネレーションの恋愛

迷子度★★★☆☆

現在25〜35歳。私たちの世代は、〝ロストジェネレーション〟と呼ばれている。日本が最も経済的に豊かだった時に子供時代を過ごし、いざ自分たちが大人になったら経済が破綻していたという、なんとも悲しい運命を背負ってしまった私たち……。〝失われた世代〟という名の通り、私たちの多くは今、理想と現実の間で迷子になっている。だって、私たちは子供の頃からずっと未来に大きな夢を描くことを許されながら、もっと言えば、「夢は叶う」と教えられながら豊かな日本に育てられてきた。そしていざ大人になって、「さぁて、じゃあ夢でも叶えようかな♪」と思った途端、「何、夢みたいなこと言ってるんだ！　現実をみろ！」と怒られた（‼）。私たちは、ポカーンと立ち尽くす。突然世の中に手の平返された気分。

そこで、〝フリーター世代！　少子化問題！〟と世間が眉をひそめるトラブルメーカー、ロスジェネの本音をご紹介。

『さぁ〜て♪うちらロスジェネ、25〜35♪
結婚適齢期につき恋愛、色恋まっ最中の
ラブジェネでもありまする♪
しかしそれでも私たち、
厳しい現実なんて直視できない迷子の男×迷子の女♪
そんなうちらの人生が、スムーズに、
かつ理想的に進むはずは、あ〜りませんっ‼
だって、恋愛にも仕事にも、必要以上の理想を持って
これまでノビノビ育ってきたんですもの（ウフフ♪）。
ミュージシャンだ！　俳優だ！　モデルだ！　ＤＪだ！……と、
夢は果てしなくでかいため生活は安定いたしませんし、
ロマンティックに！　運命的に！　衝撃的に！……と、

恋愛に対するハードルだって空より高いため、
なかなか理想のお相手に出会えませぬ。
それにもし出会えたとしても、
お互いフリーターだったりして、
なかなか結婚なんて踏み切れませんの。
それにもし結婚したとしても、
現実の厳しさに恐れをなして、
なかなか子供を作れないでいるのです。

いやいやしかし、
私たちだって辛いんです。
でかい夢を諦めて、地道にコツコツ頑張って働いても、
不景気ゆえになかなか正社員にしてもらえないのですから。
そして、仕事で不安になれば、

救いを求めて恋愛に突っ走る。
ですけど所詮、男も女も両方迷子……。
不安でいっぱいになった心を持った者同士、
安定した関係を築いていくのは至難の業。
それでもなんとかして不安と寂しさから解放されたい一心で、
迷子の男女はとりあえず、
肌の温もり求めて、レッツ・セックス♪

でも決して私たち、
エロに貪欲なわけでもないんです。
エロなんて子供の頃からいたるところに溢《あふ》れていたので、
エロ慣れしちゃっていて……。
私たちより上の世代のオジサンたちのエロさに
ついていけない!! って感じなんです。

と、いうわけで、そのセックスも一度きり、
なんてことも少なくなく……。
そんなことが続くと、
「もぅ猛烈に寂しくて、寂しくて、死んじゃう～！」って
叫びたくなるんですけど、何と言っても、もうオトナ。
「甘ったれんな！」って言われるのが分かっているので、
誰かに相談出来たもんでもないんです。

ああ無情……。

え？そんなことで無情だなんて言うな？
ヴィクトル・ユゴーの原作を読んだことがあるのかって？
だから、ないんですってば！
失われた世代なんです。甘ちゃんなんです。

でも私たちなりに、必死で生きているのは本当なのですよ♪』

なにかが違う男

だけど本当に素敵な男度★★★★★

「実は3日前、2年間付き合った男と別れたんだ。私から……」

切ない笑顔でそう言った女友達W（25）は、なんだかとても大人っぽく私の目に映る。10代の頃、毎日のように一緒に遊んでいた彼女と、私は数年ぶりに飲みに来ていた。

「どんな人だったの？」と聞く私に、「誠実で、優しくて、素敵な男だった。今までで一番愛した人だったな」とW。「なのになぜ？」とつい聞いてしまった後で、私はそれが愚問であることに気がついた。

「なんでだろう、これという理由はないかなぁ」

そうだよね、なにか大事件が起きて、相手のことを大嫌いになって別れることって、実は少ない。別れる時はいつだって、たとえ自分から「さよなら」を言う時だって、まだ好きな気持ちが残っている場合がほとんどなんだ。

「半同棲状態で一緒に暮らしてたんだけどね、すごく上手くいってたの。幸せだった。それなのにいつからか、そんな生活に〝ちょっと違う〟って思い始めちゃった。なにが違うのか、自分でもよく分からないんだけど、〝この人じゃない〟って思っちゃったんだ」

この人というのは、〝運命の男〟ってことだ。私たちは昔から、自分とピタリとフィットする、世界で唯一の一人の男の存在を信じている。

「ただ、別れる時には、相手が納得するような理由を伝えなきゃいけないでしょう？

〝なにかが違う〞なんて曖昧《あいまい》でわがままな理由じゃ、相手を余計に苦しめてしまう。だから、本当は理由なんてないし、彼に落ち度はないのに、なにか理由をつくらなきゃいけなかった」

愛してる人に突然別れを切り出される時、そこに納得できる理由があることを誰もが願う。傷つきたくないと怯える心の裏側では、その恋をきっぱりと忘れられるような、一瞬にして相手を大嫌いになれるような衝撃的な理由を求めている。だって、2人の未来に希望を持ったまま別れることが、一番辛いから。

「貴方は仕事が忙しかったから、私寂しかったの」と、Wは男に言った。「お前と結婚したかったから、仕事を頑張っていたんだよ」と、男は涙を流しながらWに言った。

空になったシャンパングラスをテーブルに置いてから、Wは私に言う。

「納得がいく理由を、私は彼にあげられなかったよね……。私も、別れてから丸2日間、顔が腫《は》れ上がるくらいに泣き続けたよ」

〝なにかが違う〟と感じながらも、人はなかなか別れに踏み切れないもの。一人になることの寂しさや、自分にとってパーフェクトな〝運命の男〟なんて本当は存在しないんじゃないか、そんな幻想を追っていたら生涯孤独になってしまうのではないか、という恐怖から、〝なんか違う〟という直感を無視して付き合い続けたり、結婚したりしてしまう。

「正直言えば、彼はお金も持ってるし、誠実だし、結婚相手として申し分なかったと思う。でも、自分の気持ちに嘘はつけないし、なによりも、彼を騙《だま》すことなんてできなかったよ。彼には私よりももっと、心の底から彼を愛してくれる女と結婚する権利があるもの」

Wは、しばらく会わない内にとても強く、そして更に綺麗になっていて、私はちょっとクラクラした。そして、そんなWを失った男の心の痛みを、私は思う。

貴方はきっと素敵な男。貴方はなにも悪くない。彼女の一方的な別れの決断は、貴方を本当に大事に想っていたからこそのもの。だから、泣かないで。

女を騙す〝色恋〟男①

アブノーマル度★★★★☆

恋している時、人はちょっとバカになってしまう。

「そこにつけこんで得をしちゃおう♪」というのは、キャバクラ&ホストクラブの効果的な営業方法の一つ。色恋、というのは自分は相手のことを好きじゃないのに、そこに営利目的（¥）があるから、恋している振りをすること。そう、これはノーマルじゃない。その行為自体が詐欺なのである。そんな危険な〝色恋〟を知り尽くしているはずの、キャバ嬢歴6年の女友達B（27）に、〝色恋〟男（38）が近づいた！

長く付き合った恋人と別れてからの半年間、Bは恋愛に空回りを続けていた。ずっと一緒にいた恋人がいなくなってしまった、という寂しさからか、持ち前の〝惚れ易さ〟なのか、男と出会うとすぐにセックスしてしまい、その後で男のことを好きになり、結局振られる。それを何度も繰り返していた。Bがそんなパターンを10回くらいこなしてから、「男なんて全員最低！」と叫んだ時、私は遂に今までのイライラが爆発して、キレた。

「あんた何回同じこと繰り返すの？　そんなことしても余計に寂しくなるだけだってば‼　Bが出会う男全員が最低なんだとしたら、その男たちに共通してるのはBだよ！　寂しい気持ちはすっごくよく分かる。でも、いい加減しっかりしなよ！」

Bはシュンとして言った。

「分かってる。もう、しばらく恋は休む。本当にもう、こんなのこりごりなの」


「久々に恋の予感♪」

Bからメールが入ったのは、その1ヵ月後（‼）。「どこが〝久々〟だよっ⁉」という再爆発しそうな怒りを抑え、とりあえず会って話を聞いてみることに……。なんでも、男は大企業の社長で、彼の若い頃からの〝野望実現〟のための努力と根性、そして、何より彼の〝人情の厚さ〟に惹かれたとか。

「でもさ、まだ一度しか会ったことのない男の、一体何が分かるっていうの？」

私が聞いても、時、既に遅し。Ｂは落ちてしまっているのだ、恋に。話にならない。

「とにかく、もう〝付き合う〟ってなるまでＨはしない方がいいよ。気をつけてね！」

私はそう言い残し、その日はＢと別れた。その時の私の〝嫌な予感〟さえ上回る、最低最悪な結果報告が入ったのは、その２週間後……。


〈続く〉

女を騙す〝色恋〟男②

寂しい時は要注意！度★★☆☆☆

恋人と別れてから半年、出会った男とすぐにセックスしてしまい、その後すぐに好きになってはすぐに振られてしまうという〝早業《はやわざ》！　空回り〟を続けていた女友達Ｂ（27）。そんな悲しいパターンを10回くらい繰り返した後、Ｂはすぐに11回目の恋に落ちた（涙）。その相手は38歳の大企業の社長……、とＢは信じていたが、実は最強の〝色恋〟詐欺男だった！

Ｂが出会った当日にノコノコついて行ったという男のマンションは、港区にある２ＬＤＫ。推定家賃、60万円以上。普通の女たちがそう思うように、Ｂも何の疑いもなく〝仕事で成功している男なんだ〟と思った。男はセックスの後（やったんかい‼）、Ｂに言った。

「俺たち、もしかしたらこれから先、付き合うことになるのかもな。まだよく分からないけど、そんな気がする」

寂しい女たちがそう思うように、Bも男の発言に乗せられ、この出会いに運命的なものを感じてしまった。2度目に会った時、男はセックスを求めてこなかった。恋の始まりに期待している女たちがそう思うように、Bも、男が2人の関係を大事にしてくれているんだと思い込み、男に好感を持った。3度目に会った時、男は言った。

「Bは、美容師とキャバクラ勤めを両立させてるけど、本当は美容師一本でやっていきたいと思ってるんだろ？　俺、今仕事が波に乗っているから、美容院ひとつくらい、お前のために造ってやれるよ。もしBにやる気があるならだけど、一緒に経営してみないか？」

自分の長年の夢を男がピンポイントで突いてきたのでBが驚いていると、男はすかさず付け加えた。

「俺、好きな女には甘いんだよ。また会社の奴らに怒られちゃうな！」

Bは、完全に恋に落ちた。〝この男こそ、私が待っていた王子様なんだ！〟と。

同じキャバクラで働いているC子からBに電話が入ったのは、その数日後。

「B、あの男には気をつけて！　私、実は奴に騙されたの。アパレルブランドを一緒に立ち上げようって言われて、１００万渡したらバックレられた！　奴、詐欺師だよ‼」

Bは、真っ青になった。

「でも、あの高級マンションは？」

C子は言った。

「あの家賃払ってるのも、どっかのキャバ嬢らしいよ」

Bは電話を切ると、その足で私のうちまでやってきた。

「私、今年男運が悪すぎる。大殺界だわ！」

と言うBに、私はキィ～っとなって言った。

「星のせいにするなーっ‼　あんた〝隙〟がありすぎなんだよ！　プロに狙われる

なんてBの〝隙〟も一流だよ！」

　するとBは怒って叫んだ。

「だって‼　すっごく寂しくて寂しくて、恋をして、両想いになって、恋人が欲しかったんだもん‼　でも、なかなか上手くいかないから、焦って焦って、男の優しい言葉、ついつい信じちゃったんだもん‼」

　涙目になったBをみて、私は切なくなった。

「ごめんね。ごめん。そうだよね、あんたにはあんたの、想いがあったんだよね。でも、お願いだから、もっと慎重になってね！」

恋愛パターン

癖を直すのは難し〜い！度★★★★★

　女子高生の頃からの女友達Ｗ（25）とは、交際歴（？）10年目。お互いの恋愛話に今まで一体どれくらいの時間を費やしてきただろう？　学校で、家で、駅で、カフェで、道端で……。いつでもどこでも、女２人でキャッキャと恋愛話に花を咲かせてきた。そして今日も、よく晴れた昼下がり、私はＷと、原宿のカフェテラスで、タバコ片手におとこのはなし。

「物凄くタイプの男がいるって話したでしょ？　遂に奴からの連絡が途絶えたんだよね。メールも電話も折り返しなし！　ほんと頭にくる。だから今は、タイプじゃないけど優しい男と会ったりしてるんだ。やっぱりチャラ男を追うより、癒し系に追われる方が楽だわ〜」

数ヵ月前に癒し系の恋人を振ったばかりのWが言った。まったく同じ台詞を、私はこの10年間に何度聞いたか、分からない。〝この台詞、暗記しちゃいそう……〟と、ちょっと呆れた私のため息を無視してWは続けた。

「ほら、私のタイプの顔、分かるでしょう？　どうもあの手の顔の男は性格が悪いみたい！」

そう言いながら、Wは眉間に皺を寄せる。

「違うよ～！　タイプの男が相手だと、あんたがブレーキが壊れた車みたいに、どこまでも一人で突っ走っちゃうから逃げられるんだよ！　も～！　この台詞も私、もう何度も言ってるじゃ～ん！」

私は呆れ果てた声でそう言った。

「あ！　確かに！　メールも毎日しちゃうし、電話の着信も沢山残しちゃう。しかもタイプど真ん中の顔を前にすると、つい〝好き好き〟言っちゃうんだよね。で、うざがられて、逃げられて、傷ついて、疲れて、優しくしてくれる男と付き合って……。しばらくするとまた超タイプの男が出現して、優しい男を捨てて追いかけて

「……」

私は無言で、ジーーーッとWを睨んだ。

「って、ヤダッ！　私これ何回目？」

遂に叫び声を上げたWの恋愛パターンは、10年という年月をかけて、現在4ラウンド目。

「もぉ～！　それ最悪なパターンだよ！　悪い癖は直しなよ～」

私はそう言いながらタバコの煙をぷはーっと吐き出すと、今度はジーーーッと私を睨むWの視線に気が付いた。

「なによ？」

Wの目線をたどると、その先には私が指に挟んでいるタバコが……。

「リリ～、人のこと言えんの～？　禁煙するって言ってたじゃ～ん！　禁煙パッチ腕に貼りながらタバコ吸ってる人、初めて見た（笑）。ニコチン摂取しすぎておかしくなるよ？」

ばつが悪くなった私は、パッチをばりっと腕から剝《は》がした。

「そっちかい⁉」

と突っ込むWに、私は言った。

「30までには絶対やめる！　やめたいけど、やめられないの〜！　ってことは多分、今はまだ、やめたくないのっ‼」


あ、とヒラメイタ顔して、Wが言った。

「それ、私の恋愛パターンと一緒だ！　優しい男と安定した幸せを築きたいはずなのに、顔がタイプのチャラ男を追いかけるの、やめられないの！　ってことは私まだ、落ち着きたくないのっ！　30までは、刺激を追っかけ続けたぁ〜い‼」

「おぉ！　なるほどね！」と、頷いた瞬間にふと、〝あ！　デジャブだ〟と思った。「今このシーン、夢でみたかも〜♪」とWに伝えようとした瞬間に、私はハッとした。

夢じゃねぇ。20歳の時に、まったく同じ会話をWとしたことがあったのだ。25までに、私は禁煙すると、Wは男関係を落ち着かせると、お互いに宣言し合ったのだった。癖ってのはなかなか直せず、パターンってのは、繰り返す。
30代には、お互い、刺激物からクリーンになっていると、いいなぁ……。

いろんな形の〝両想い〟

期間限定度★★★★☆

「あたし、〝箱カップル〟になっちゃった！」

今夜もまた、女友達から珍発言が飛び出した。クラブ仲間のＭ（24）の話によると、どうやら彼女はクラブの中だけに限定される〝箱カレ〟が出来たらしい。クラブで出会い、連絡先を交換したのが３ヵ月前。それから、週末が近づくとメールのやり取りをし、度々会っているそう。２人で遊びに行くのではなく、お互いそれぞれの夜遊び仲間と出掛けて、クラブの中で合流する。つまりメールは、〝じゃあ何時にどこどこで待ち合わせね〟という内容ではなく、〝今週はこの箱にいるから〟という報告のみ。お互いに交換した情報といえば、下の名前だけ。普段なにをしている人なのか、年はいくつなのか、どこに住んでいるのかも、聞かないし、聞かれないという。週末の、人がごった返すダンスフロアーの上で、お互いを見つけ、一緒に酔っ払い、踊り、キスをしたりしてイチャつくだけの関係。

「Hはしてないの?」

私は2人の関係にハテナマークを浮かべながら聞く。

「しないよ。セフレとは違うんだよね。多分、〝クラブでイチャつく相手が欲しい〟っていうお互いのニーズが合ってるだけなんじゃない? ある種の、両想い♪」

彼女はシレッとした顔で答える。

確かに、〝割り切ってセックスする相手が欲しい〟という両想いが、セフレ。〝一緒にご飯を食べる相手が欲しい〟という両想いが、ご飯友達。互いに熱い感情で想い合っていなくとも、互いのニーズが合ったカップルは成立する。人にはいろんなニーズがあるのだから、両想いないしいろんな両想いがあっても、不思議じゃない。ただ、〝好き〟という感情の両想いと同じで、どちらかの想いが変化すれば、関係は解消される。

数週間後、クラブでMを見つけたので、私は聞いた。

「箱カレは？　今日も来てるの？」

Mは首を振った。

「来てないよ。もうなんか、気まずくなっちゃったから……」

「そっかぁ」

どちらかが〝好き〟になっちゃったのかなぁ、なんて考えながらなにも聞かずにいると、Mが話し始めた。

「H、しちゃったんだよね、先週。キスしてたらお互いその気になっちゃって、ホテル行ったの。でも、その後で、彼に同棲してる彼女がいることが分かって……。笑っちゃうよね。私は、真剣に付き合ってる彼女がいる男の〝箱カノ〟なんてさ、バカみたい……」

「好きになっちゃったの？」

私が聞くと、Mはさっきより激しく首を振った。

「ううん、そういうのとはまた違う。ただ物凄く、空しくなったの。私、真剣な恋愛して傷つくのが怖いから、手軽にイチャつけるだけの男を求めてたんだと思うけど、一線を越えたら、やっぱりなんか、ちょっと傷ついたんだよね。彼女がいるって聞いて、そのこと自体には全然傷つかなかった自分に、傷ついた感じ……」

「好きでもない男とHしちゃった自分にってこと？」

「うん、そうかもね。〝なにしてんだろ、私〟って思ったら、超空しくなった。で、猛烈に寂しくなった」

「イチャつくだけの男でいい」から、「やっぱり、愛し合える男が欲しい」と、Mの想いが変わった瞬間に、〝箱カップル〟は破局を迎えたのだ。

音がないと死んじゃう男

選曲のズレは気持ちのズレ度★★★☆☆

目が覚めてまず最初に私がすることは、ＣＤコンポのＰＬＡＹボタンを押すこと。部屋に音楽を一日中流し続け、ＯＦＦボタンを押すのは眠りにつく寸前で、ベッドの中からリモコンで。外出中も、常にｉ-ＰｏｄのイヤフォンでYを塞ぐ。電話をかける時は、片耳だけイヤフォンを外す。お風呂に入る時は、防水加工されたミニコンポをバスルームに持ち込んでお湯の中で音に浸る。起きている時に私が音楽を聴かないでいる時間は、仕事の打ち合わせ中だけかもしれない。友達とお茶している時も、ヨガ中も、ＢＧＭは常に流れているし、週末の遊びは決まってクラブ。在宅仕事の私は家で原稿を書いている時も、100パーセント音漬けだ。

人は2つに分かれる。音がないと死んじゃう人と、音がなくても死なない人。私は前者で、私の昔の男、Bもそうだった。〝No Music No Life〟なんて言えばかっこいいけれど、〝音がないと死んじゃう〟というのはそんなにイケてる感覚ではない。音に依存して生きている人というのはそうでない人よりも弱く、繊細で、脆《もろ》い人が多いと思うのだ。音は、そんな人たちの気分を高めるドラッグのようなものであり、救いを求めてすがりつく宗教みたいなもの。音楽がこの世から消えてしまえば本当に死にかねない、と真剣に思うほど、私は音の世界にドップリと依存しすぎている。

5年前。

当時25歳だった元カレBは、HIP HOPのDJ／トラックメーカーで、昼間は週7で渋谷のレコ屋でバイトをし、夜中は週4でクラブでDJをし、朝方は家でトラックを作っていた。音楽を差し引いたら彼の人生は成り立たなくなってしまうというほどに音を愛するBは、寝る間も惜しんで、音の世界の中で生きよう（音楽で食えるようになりたい）と、必死になっていた。そして私もまた、昼間週5で大学に通い、夜中は週2でBのクラブ営業について行ってMCをし、残りの時間は全て3つ掛け持ちしていたバイトに費やして、ラジオDJの夢を追うことに必死だった。

Bの6000枚はある、両壁を天井まで埋め尽くす大量のレコードで、廊下のように長細くなってしまった小さな小さなワンルームで、私たちは一緒に暮らしていた。音がないと死んじゃう者同士、常に音を聴きながら……。いつも私は部屋でBのDJを聴きながら、ベッドの上に座って大学のレポートをやったり、たま〜に入ってくる音楽レビューの原稿を書いたりしていた（机を置くスペースなんて部屋になかった）。

「一家に一人、DJでしょう♪」

と女友達にBのことを誇らしく自慢していた私だけど、一緒に暮らし始めてしばらく経つと、Bの両耳が常に音で塞がれてしまっていることに苛立ちを覚えるようになっていった。

「私だって音は好きだけど、私は音を聴きながらでも会話ができる。Ｂは私の声なんか、聞こうともしない！」

私たちはよく喧嘩するようになった。

そして、私たちはとても小さな部屋の中で２人、それぞれ別の音を聴くようになっていった。Ｂも私も、それぞれヘッドフォンをして……。ＢがアッパーなパーティチューンのミックスＣＤをノリノリで作っているすぐ隣で、私は恋の終わりを歌った切ないＲ＆Ｂをひたすら聴いたりしていた。音に依存して生きる人は、ＤＪが選曲する音楽をそのまま受け身で楽しむことも出来るけど、本当に音にすがりたい気持ちの時は、その時の感情や心境に合った音を自分で選曲して聴く。別々の音を聴くようになった私たちの気持ちは、少しずつ、そして確実に、ズレていってしまった。

同棲を始めて1年後、私たちは終わり、Bが出て行った。

「こんなに部屋、広かったんだぁ」

ガランと静まり返った部屋の中にひとり残された私は、CDのPLAYボタンを押そうとして、やめた。その時初めて、私は音楽に対して恨めしい気持ちになったんだ。私たちは音楽で、何を埋めようとしているんだろうって……。

カジノで1000万円捨てる22歳の男

タダモンじゃねぇ度★★★★★

数年前、六本木で女友達と遊んでいる時に、英語で会話をしていた私たちに声を掛けてきた若い男がいた。真っ黒に日サロ焼けした肌に、全身黒の服（多分ドルガバカアルマーニね……）、ゴールドのネックレス、そして脇には小さな四角いバッグを抱えている。歌舞伎町の区役所通りによくいる、ひと目で〝堅気《かたぎ》〟ではないことが判明する、とてもリッチなとても若い男。通称アンダーグラウンドボーイ。非常に〝悪そう〟な男は、とても丁寧にこう言った。

「俺に英語を教えてくれませんか？」

どうやら、男の彼女はイギリス人で英語しか話せないため、コミュニケーションを取ることに困っているらしい。

「レッスンは外でやれば安心でしょ？　俺、本気で英語が勉強したいんだ！」

男の熱意に打たれ、私は彼の英語の家庭教師を引き受けてしまった。

男は、私と同じ年で当時22歳だった。レッスン初日。待ち合わせの場所で〝あぁ、安請け合いしちゃったかな。よく知らない男だし、怖いな……〟と私が今更不安になっていると、目の前に真っ白のリムジンが停まった。〝ちょっと！　専属の運転手がいるよ、なんだよコイツ！　終わった。殺される……〟と私は青くなったが、男はしっかりと辞書とノートを用意していて「よろしく頼むな！」と勉強することに真剣だった。私は、自分で教材を作り、男が飽きないように工夫しながら文法や発音を教えていった。いつも高級レストランで、素晴らしく美味しいディナーを食べながら。

男は、彼女のことが大好きだった。男は「これなんて意味だ？」と彼女からのメールを私に見せ、私が「いつもあんたのことを考えてるんだってさ〜」と伝えると、嬉しそうに笑った。男は、けっこういい奴だった。私たちは数回のレッスンの後には、友達になっていた。

ただ、男のリッチっぷりは、想像を絶していた。ある日、男は言った。

「この前さぁ、マカオで金すっちゃってさぁ！」

「バカだねぇ。一体いくら捨てたの？　っていっても、お金持ってるから痛くはないんでしょ？」

男は、〝まぁそうだな。ま、いっか〟という感じで小さく笑うと「1000万」と答えてチッと小さく舌打ちした。「1000万!?で、〝チッ〟!?　嘘でしょ！」と私は椅子から落ちそうになったが、嘘じゃないのは分かっていた。「そんなに金持ちなら私の時給もっと上げてよ」とふざけながらも、〝この22歳、タダモンじゃねぇ……〟と私はまた青くなった。

〈続く〉

アンダーグラウンドボーイの恋愛

真剣度★★★★★

以前、私が英語の家庭教師をしていた22歳の男は、タダモンじゃなかった。なんといっても、フラッと寄った旅行先のカジノで、1000万円もすってしまった後で、〝チッ〟と舌打ちをするだけなんだから！　男は一体、なぜそんなにお金を持っているのだろうか。

「仕事、何やってるの?」。ある日、勇気を出して聞いてみた。「ん? 色々」。なんじゃそりゃ。

「あのさぁ、彼女は何も聞かないの? 堅気じゃないのは、一目瞭然だよ?」と言うと、「ん? 別に何も聞かれないねぇ」とのお答え。彼女もタダモンじゃないな、こりゃ。でも、男の話によると彼女はどうも〝お嬢様〟らしかった。世間知らずすぎて、男のタダモンじゃねーっぷりに気が付かないのかなぁ? と思った。

数ヵ月後、私はラジオDJとライター業が忙しくなってきていたので、なかなか家庭教師の時間が作れなくなっていた。男からの連絡もなく、このままレッスンは終わるのかなぁと思っていたら、ある日突然、電話があった。彼女との関係があまり上手くいってない様子。「今日中にメールの意味を訳して欲しい」と男は言った。「今日は、本当に忙しいんだよね。来週じゃ駄目?」としぶる私に彼は言った。「5万払うから、30分作ってくれない?」。またちょっとビビッたが、「ん〜。じゃあ」とついつい答えてしまう、私（笑）。

しかし、彼女からのメールの内容に、私は何より驚いた。お嬢様は、ジャンキーだった。結局、〝薬を絶てないのなら別れる〟という内容の手紙を男が書き、それを英語に訳すのが私の家庭教師としての最後の仕事となった。

私は、男の名前を知らない。〝名前も仕事も誰にも教えない〟というのが、彼のルールだった。男とは今でもたまに、六本木で遊んでいるとばったり会ったりする。新しい彼女が出来て幸せそうだ。

この世の中、本当にいろんな男がいる。そして、女も……。だけど、人を好きになる時の真剣さ、それはどんな男女も一緒なのだ。大好きな彼女のために必死になって勉強する男の姿、依存してしまっている薬を絶とうと努力する彼女の必死な手紙を見て、私はそう思った。

豚みたいな男

愛をくれる度★★★☆☆

「あたしね、背が低くて、垢抜けなくて、豚みたいな男が好きなの」

色白で巨乳、それに加えてビックリするくらい可愛い顔をした、〝超売れっ子キャバ嬢〟の女友達F（24）が言った。

「え？　豚⁉」

とっさに私は聞き返した。

「そう。野暮ったくって外見が良くないって意味なんだけど。そういう男は、絶対に私を裏切らないし、傷つけないし、100パーセント私に尽くしてくれるって信じられるんだよね♪」

かっこいい人に、こっぴどく裏切られたことでもあるのかと聞くと、「あたし、おじいちゃん子だったの」と意味不明な答え。

「家族で、おじいちゃんだけは、いつも私の味方だった。あたしのことをすっごく愛してくれた。お父さんにもお母さんにも、いつも凄く怒られて育ったんだけどさ、おじいちゃんだけは、あたしのわがままだって優しく許してくれた。それがあたしの理想の関係」


彼女は、男にこれ以上ないってくらいに愛されたい、そして自分のどんなわがままもその大きな愛で許して欲しいと言う。豚みたいな男には、それを期待出来るんだそう。

「外見なんて上辺だけのものなのに、人は外見の良さで人を好きになったりする。ほとんどのお客さんは、指名する女を外見で決めるもん。ほんと馬鹿らしいって思うよ。でもね、男女関係だって、2人の外見のレベルで上下関係が決まることも少なくない。あたしより遥かに醜い男は、あたしが愛する100倍の大きさで、あたしのことを愛してくれる。おじいちゃんがくれたような、おっきい愛を提供してくれる♪」

男に〝美しさ〟を求めないと断言する女が、自分の〝美しさ〟を利用して、欲しいものを全て手に入れる（六本木で働く彼女の時給は2万円、日給14万円）。

翼をくれた男

That's Love度★★★★★

最近仲良くなった女友達D（27）は、バリバリと仕事をこなしながらも、「この前はジャマイカに行ったから、次はイタリア……」と、3ヵ月に1度は〝ひとり旅〟に出掛けている。女性誌のキャッチコピー風に言うならば、オンもオフも完璧な女。

昔からDを知っている女友達K（27）に、「Dってなんか輝いてない？　アクティブで羨ましいな。Dを見てるとシングルに憧れちゃう。もちろん、恋人がいたって自由に生きることは出来るけど、なんだかんだで離れていたくないから、海外旅行の回数も減ったもんなぁ」と私が言うと、Kの返事はとても意外なものだった。
「Dは昔、海外どころか、遊びに誘っても外に出ないような子だったんだよ。最愛の男と別れて、彼女は生まれ変わったの」

Dには、17歳から25歳まで、約7年間付き合っていた男がいた。青春時代をすべて捧げて愛した男で、Dはそのまま人生を彼に捧げたいと思っていたという。〝捧げる〟という言葉通り、Dはいつだって、女友達との遊びなんかより、一人の時間なんかより、そして自分の今後のキャリアなんかよりも、彼を優先に考えて行動してきた。彼に言われてそうしていたわけではなく、彼が心の中ではそれを望んでいるのを知っていたからDは自然とそうしていた。そんな生活が嫌だと思うこともなく、ただただ彼が大好きで仕方なかったのだ。だから、「俺といると、お前はお前でいられない。お前はもっと、外に出て輝くべき女なんだよ」と、突然彼から別れを切り出された時、Ｄは大ショックを受けた。Ｄが号泣しながら、「私は貴方のそばにいられれば何もいらない。別に仕事だってしなくていいし、貴方と結婚して専業主婦になりたいと思っているのに、どうしてそんなこと言うの？」と反論すると、彼は言った。

「だけどそれは、本当のお前じゃないよ」

「あの人は、私よりも私のことを分かってくれていたのかもなって、今になって思う」。

その別れから2年経った、27歳のＤが私に言う。

「その時はね、本当に彼さえいれば何もいらないって思っていたから、彼の言う意味が全然分からなくてさ。突然突き放されて、彼を恨んだし、私相当苦しんだの。だけど、こうしてひとりで人生をまた歩み出してから、本当は私はずっとこうして外に出たがっていたのかもしれないって思って、あの別れは彼の最大級の愛だったんだって、最近気付いたの」

無言の束縛をしてしまうほど、常に自分のそばに置いておきたいと思うほどに愛している女と、そのまま一緒にいることだって出来るのに、その女のためを思って自分から突き放した男。それが愛じゃなくて、なにが愛だろう。私は考えさせられてしまった。男も女も〝愛〟が欲しいと言いながら、結局は〝自分が幸せになるため〟に必要な条件を与えてくれる人を探しているというのに……。自分よりも相手の幸せを優先して考えられるほどの感情を、きっと初めて愛と呼ぶ。そう考えてみると、真実の愛こそ、ハッピーエンドだとは限らないのかもしれない。

「今、あの人、幸せだといいなぁ」

Dの優しい笑顔に、私の胸はキュッとした。

永遠に消えない言葉を贈る男

私からもアリガトウ度★★★★★

ある昼下がり。パソコンに向かって原稿を書いていても全然集中できなくて、私はついミクシィを何度も開いてしまっていた。女友達のページを見ていると、〝ログイン5分以内〟の文字。同じくどこかの仕事場のパソコンの前で、ミクシィに逃げてきた女友達にメッセージを送った。

『突然だけど、最近ね、自分の好奇心がちょっと怖いんだ。今の生活に満足しているはずなのに、もっと楽しいことがあるかもしれない、もっと面白い街が世界にはあるかもしれないって、よく思うの。好奇心旺盛なのは昔からなんだけど、10代の時みたいに好奇心だけではなかなか行動には移せない。あの頃の〝怖いもの知らず〟

の行動力は、怖いものを知った後ではなかなか取り戻せないよ。いろんなものに対して好奇心が湧くのは変わらない。でも、今あるものを失うかもしれない、と思うと行動に移せない。それが凄くもどかしい。どう思う？』

しばらく経つと、メッセージの返信が届いた。

『うんうん、分かるよ。ほんの好奇心から行動して、結果的に取り返しのつかないことになった経験、20代のうちらにはもう、あるもんね。そりゃ怖くもなるよ。大人になればなるほど失うものが大きくなるから、何も失うもののない10代の頃より臆病になる。

でも、今までの全ての経験は、全て与えられるべくして与えられた試練なんだと思う。好奇心の持つ怖さも、自分しか自分を守れないことも知っているリリなら、恐れずにやりたいことを行動に移しても大丈夫だと、私は思うよ。

あのね、私、最愛の恋人を亡くした時、もう本当にボロボロになって、みんな幸せなのになんで私だけ、って神様を恨んだのよ。私にとってそれは、人生最大の試練だった。その彼と出会った時、私は駄目な男と泥沼恋愛中だったの。その男にどんなに裏切られても生涯連れそうだろうって信じ続けていたのに、彼と出会った瞬間、彼に全てを持ってかれたんだから！　その半年後に、彼は事故で亡くなっちゃうわけなんだけど……。でもね、考え方を変えてみれば、彼の人生が残り6ヵ月しかない、ギリギリの時に出会えて、衝撃的な恋に落ちることが出来たのは、奇跡だよ。

あ！　好奇心で思い出した。彼が亡くなる直前に、海で、足がつかないところで泳げない私に言った言葉。

〝だってさ、こうなるかもしれないって思って躊躇《ちゅうちょ》してたら、向こうにはもっとおもしろくて綺麗な世界があるかもしれないのに、もったいねぇよ。だから、勇気だしてこいよ！〟

ヤバイベ？（笑）』

『ヤバイベ？（笑）』メッセージの最後に彼女が書いた、その一言を見た瞬間、パソコンの画面がぼやけて見えなくなるほど、私は涙してしまった。私と出会う前の女友達が出会い、恋をした、今はもうこの世にいない男の言葉と、それを物凄く必要としていたタイミングで私に伝えてくれた女友達。そして、パソコンの向こうで、もう彼女は泣いていない、ということ。

愛する男を熱愛中に喪《うしな》った彼女は、今、その最大の試練を乗り越えて、前向きに生きている。人って、強いなって、私は思った。何も恐れることなんてないんだ。どんなに辛いことがあったって、人はそれを乗り越えることのできる強さを、持っている。

おんなともだち

Chapter 5.

Girls' Power

会ったこともない男の心理分析

女の趣味♪度★★★☆☆

恋に落ちると電話代がかさむ。恋相手の男との長電話なら素敵だが、大抵の場合は女友達との恋愛相談室のために電波を使う。男と出会ったばかりの頃とか、恋愛がまだ不安的な時期に……。女は、恋相手の男に〝一番聞きたいこと〟をどうしても聞けない。一番気になること、それはズバリ、〝ねぇ、ぶっちゃけ私のことどう思ってんの？〟。それを聞くタイミングを読み間違えると、上手くいく恋愛も自ら駄目にしかねないことを女はよく分かっている。だから、男に直接聞けないので、代わりに女友達に電話する。

「ねぇ、どう思う？　あいつは私のこと、デートするのはOKレベルで好きなのか、付き合ってもいいと思ってるのか、それともHがしたいだけなのか……。ねぇねぇ、どう思う？」

そんなの、その男以外の人間に分かるはずがない。それでも、女たちは時間を惜しみなく使い、あ〜でもないこ〜でもない、と言いながらその男の心理を分析する。

昨日も夜中の2時に電話が鳴った。〝不安定恋愛〟真っ最中のM（26）からだ。電話に出る前から、用件は分かる。今夜の電話の主役もMの恋相手の男、Z君（27）だろう。

「ねぇ〜！　もう訳分かんないんだけど！」

電話に出た途端Mは叫ぶ。

「出会ってからもう3ヵ月になるっていうのに、まだ〝付き合おう〟って言葉がないんだけど……。このままだと、ただの友達になっちゃうよ！」

私は心理分析を開始する（Z君に会ったこともないのに）。

「ん〜。でも、まだHしてないのに、デートする関係は続いてるんでしょ？　それってZ君も〝Mに会いたい〟って気持ちがあるからなんじゃないの？」

Mはため息をつく。

「過去の苦い経験から〝付き合う前H〟は我慢してきたけど、なんかタイミングを逃したって感じ？　友達だと思われてたらどうしよう」

私はZ君の心理を頑張って考える。

「キスした女を友達だと思うかな？　最近キスした？」

Mは私の出す答えがいいものであるように期待しながら言う。

「まぁ、たまに。でも、私からかも……」

私は答える。

「微妙だね……」

Mは焦ってフォローする。

「あ、でもこの前Z君から手繋いでくれた！」

私はまた考える。――朝の5時まで（笑）。

このようにして、女友達の中の誰かが恋に落ちる度に、私は寝不足になる。これは素晴らしき友情？　まぁね。でもこういう行為自体が〝女の趣味〟なのだ（笑）。

女同士の会話に登場する男

惚れられている度★★☆☆☆

たとえば今、ちょっといい感じの男と２人でいるとする。知り合ったばかりで、まだ、お互いの気持ちを探り合っているような、微妙な段階の。そこに女友達から電話がかかってくる。

「何してんのー？」

友達のでかい声は、電話からもれて隣にいる男にも聞こえている。

「ん、今ちょっと……」（空気読めよー！）

電話から空気は伝わらないらしい。

「え？　誰といんのー？」

「…………」（ひぃぃぃ！）

さて、ここで私は友達に何と答えればいいのだろうか。「好きな人！」と言えば、それは愛の告白になってしまうし、「友達！」と言えば、この甘い関係が色気を失う。なぜ、素直に男の名前を答えられないのか。それは、男の名前を友達が知っているということで、今まで友達に男のことを話していたという事実がバレてしまうから。それはもう、「好きです」って言っているようなもの。だって、好きでもない男の話を、わざわざ友達にするわけないもん。

恋をすると、女友達とお茶するのが楽しくなる。好きな男の話を延々と出来るからだ。自分が恋をしていない時、恋をしている女友達とのお茶が2時間を超えると苦痛になってくる。好きな男の話を延々とされるからだ（笑）。女は、好きな男のことを話すのが大好きでたまらない。だから、女に惚れられた男は自動的に、会ったこともない彼女の友達にまで熟知されることになる。女が男を、「恋人です！」と友達に紹介する時、男が「初めまして！」と挨拶する頃には既に、友達は男の下半身についても知っていたりする（笑）。


これを読んで、男はげんなりするかもしれない。でも、女に悪気はない。好きな男のことでいつも頭がいっぱいなのだ。すると自然に、口も止まらなくなっている。

「あぁ、彼も今頃、友達に私の話をしているのかなぁ」

女はうっとりしながら呟く。この話題に飽ききった女友達は、冷たく言い放つ。

「絶対してないよ。今頃ＴＶで〝板尾の嫁〟でも観て、笑ってるよ！　男って、そんなもんよ」

イケてる女がダサくなる唯一の瞬間

惚れちゃった度★★★★☆

「もぉ〜! 最っ悪! 私、超ダサいんだけど。自分がキモすぎて泣きたい気分!」

普段はいたって冷静な女友達A(27)が、深夜のダイニングバーでヒステリー半歩手前の〝妙な〟テンションで小さく叫んだ。Aは半年前、ここのバーテンの男に〝ビビッ〟と運命を感じ、その後何度かバーに行ったものの、その男に対して本気すぎて何も行動を起こせずにいた。

今夜は、Aが何が何でも男の携帯番号をゲットして帰る、と心に決めた〝勝負ナイト〟。私たちはこの夜のために数週間前から打ち合わせをし、「なんてったって決め手は絶対ビジュアルよ!」と、私はAにプロのヘアメイクまで紹介した(笑)。当日、私たちはバーに入る前にまずカフェで落ち合い、共に戦略（？）を練り、今夜のAのテーマは〝冷静に、さりげなく色っぽく〟に決定した。準備は、整っていた。それなのに、Aはバーに入り、カウンター越しに男と向かい合った途端、様子がおかしくなったのだ！

Aは、好きな気持ちを隠そうとしている自分に照れたのか、自分で言ったつまらないジョークに一人で笑ったり、〝なんとしても今夜、行動を起こさねば！〟というプレッシャーからなのか、男の何気ない一言に激しすぎる突っ込みを入れちゃったり、色っぽいどころか、かなりダサい女になっていた。男からグラスを受け取る仕草まで、なぜかロボットみたいにカクカクしているAの隣で、私は、〝もぉ！なにやってんのよ！　もっと冷静にぃ！　セクシーにぃ‼〟と心の中で絶叫した。だけど私も私で、男にAの内に秘めた情熱を悟られないよう、〝ただ単にこのバーが好きだから一緒に飲みに来た友人役〟を熱演中。

「ねぇA、奥の席に座ってゆっくり飲まない？　ちょっとAに相談したいことがあるの」。私はAが頼り甲斐のある女だということを、男に地味にアピールしつつ、「ちょっと失礼♪」みたいな感じで男の前からAを連れ去った。

バーの奥にあるソファに座るなり、Aが言った。

「リリ〜！　もう駄目だ、私。なんか彼の反応良くないもん。あんな空気じゃ絶対に番号なんて聞けないし！　あぁもう超めんどくさくなってきた！　全てがダルい！　もうやめちゃいたいよ！　やめちゃおっかな！」

超、早口だった。

「落ち着いて！　はいっ！　深呼吸！」

私は恋のアスリート、Aの監督になったみたいに冷静に指示を出した。一緒に、すぅ〜、はぁ〜。いつもは私なんかより遥かに冷静で、男に口説かれても「はい？ナニカ？」みたいなクールなAが、呼吸が乱れるほどに恋をしてる様子はとても可愛くて、愛しかった。だけどA本人は、そんないつものペースでスムーズに男と接することが出来なくなった自分に幻滅していた。

「私、超キモイ!!　大嫌いだよこんな自分！　どうしちゃったんだろ、私!?　こんなはずじゃないのに！」

涙目のAに私は言った。

「惚れちゃったんだよ。彼にすっごく惚れてんだよ」

Aはお腹の奥がずーんと重くて吐きそうだ、と愚痴りながらソファの前にあるテーブルに顔を伏せた。そして一言、「惚れちゃった」って呟いた。

〈続く〉

ダサい女友達

愛おしいよ度★★★★★

「惚れちゃった」って自分の気持ちを認めるのは、勇気がいること。自分のその想いが相手に届くかまだ分からない時にそれを言葉にして誰かに伝えてしまえば、失恋した後で「今考えるとそんな好きじゃなかったかも」なんて言い訳が出来なくなるんだから。20代になってから、傷ついた後の逃げ道を作ることなく、まっすぐに男に恋をするのはとても難しい。17歳の女の子の片想いよりも、27歳の女の片想いは、いろんな意味でリスキーだから。それなのにAは、今、私の隣で、いつものクールさを失い、好きすぎて行動がおかしくなってもまだ、まっすぐ、恋してる。

恋愛監督役に任命されていた私は、Aに指示を出した。

「今から一人で男のところに行って、〝作るのに時間がかかる〟色気のあるカクテルを注文してきなさい！　で、彼がカクテル作ってる間に、自然な会話っ‼」

「はいっ！」と返事をしてから、男の元へと出掛けて行ったAは、バーカウンターから一番遠いソファに座る私のところに、速攻で戻ってきた。早くない？　と、私が目線を上げると、Aの手には、なぜか、ジョッキのビールが……。

「ちょっと！　あんた！　なにやってんの？（爆）」

Aのあまりのダサッぷりに私は笑っちゃった。

「分かってるよ～！　でも、どのカクテルが一番セクシーかって考えてる間に、ハラハラしてきちゃって気付いたら『生！』って大声で叫んでたんだもん（涙）。知ってるよ、私がぎこちなくソワソワしてたら男の気は引けない。余裕ありありの冷静なアプローチの方が効果的だもん。〝オレに気あるの？　ないの？〟って男が気になっちゃうような空気を作った方がいいって、頭では熟知してる。なのに私ってば、これじゃ完全に恋の〝やり方〟を知らない芋くせぇ女じゃないっ！」

言い終わると、やけになったAは、ごくごくごくごく、ビールを飲みほした。

「今日のあんた、超～綺麗だよ。やっぱプロは違うね、眉毛がヤバい♪」

褒めて伸ばす作戦に出た私がそう言うと、Aはパァッと笑顔になった。

「やっぱ？　今日の眉毛の形、私も超気に入ってんの！　そうだよね、ヘアメイクまでしてもらって今日の私、イケてるよね！　番号を聞ける空気じゃないにしろ、せめて私の番号を渡してくるわ！」

私たちはAの財布の中から一番セクシーなレシートを選び（こんな時に半年前の日付のオリジン弁当490円のレシートを使う女はいない。数日前の日付の、ビンテージセレクトショップの洋服代1万9200円のものが選ばれた）。Aはそこに眉ペンで番号を書くと、帰り際に、「あ、これ」とだけ言って、カウンター越しに男にそれを渡した。それはとてもAらしい、愛の、告白だった。

バーを出ると、もう朝なのに、秋の空はまだ暗く、ノースリーブを着た腕が肌寒い。男は、Aの気持ちに気付いただろう。だけど、Aが男を半年前からずーっと想っていることも、今日男に会うためだけに、プロにお金を払ってヘアメイクしてきたことも、男からは見えない奥のソファで深呼吸したことも、な~んにも知らない。そして、Aはいつもはクールな女だってことも……。恋のそういう切なさが好きだな、なぁんて他人ごとの余裕で思いながら私がニンマリしていると、Aが照れ笑いをしながら言った。


「あ~あ、リリにこんなダサい姿見られちゃって、なんか恥ずかしいなぁ」

なに言ってんのよ、と私はAの腕を軽く叩いた。

「ダサくなっちゃうくらい男に惚れるなんて、超ロマンティックじゃん。それに……」

そうかなぁ、と言いながらジャケットに腕を通しているAに、私は続けた。

「それに、ダサい姿見せ合ってなんぼじゃん、友達って！　どんなに着飾ったって、結局みんな、男絡むとダサくなるんだって！」

「そっか、でも、今日の私ほどダサい女なんて、サイテー」

Aがまた頭を抱え出したので、私は笑って言った。

「もぉ~♪　私がクールなセクシー女だと思ったら大間違いだぜっ♪」

Aがブッと噴き出した。

「いや、全っ然そんなことは思ってないけど……（笑）」

「あっそ（笑）」

私たちはアハハと大声で笑いながら、２人並んで、渋谷の道玄坂を駅の方に下った。朝になるとどこからかやってくる、黒いカラスが飛び交う空が、少しずつ、白くなる。


女友達は、ダサい姿を見せ合えてこそ、本物だと思う。「イケてる」ことが重視される私たち世代のこのカルチャーの中で、私たちは何よりも、「ダサい」と思われることに怯えるようになってしまった。ファッションからアティチュード、恋愛のシチュエーションまで、全てにおいて、かなりカッコつけなきゃカッコつかない世の中になってきているのだ。でも、私は思うのだ。ダサくったってよくね？と。惚れたてホヤホヤの男のダサい姿は見たくないけど、女友達のダサい姿は愛おしい（それは、愛する男のダサい姿をギュウッと抱きしめたくなるような感覚と似ている)。見栄を張らなきゃいけない関係なんて面倒臭いし、イケてない自分を友達に見せられないプライドなんて、いらないよ。

男にこっ酷《ぴど》く振られた夜なんかは、泣きすぎて腫れたブス面引っ提げて、そのままスッピン眼鏡のボサボサ頭で女友達のとこに飛んでって、鼻水たらしながら「こんなダサい目に遭ってしまったよ」と永遠愚痴りたい。どんなにダサくったって、そっちの方があったかいもん。

男との恋愛vs.女との友情

女同士の大切さよ……度★★★★★

「あの時は、ありがとう」

女友達G（26）が、突然、私に言った。中目黒の和食料理屋さんで、深夜2時。私はアボカドの刺身をお箸で摘《つま》もうとしていた手を止めて、正面に座るGに視線を向けると、彼女は涙目。すぐに分かった。彼女が何のことを言っているのか……。

「ううん、全然」

私はお箸を置いて、そう言った。

「私ね、あのことがあるまで、分からなかった。女友達が、どんなにどんなに大事な存在か。分かっていたつもりだったけど、あそこまで深く、実感したことはなかったの。恋愛至上主義だったんだよね、私って、ずっと。女友達、というよりも、もっと遥かに強い気持ちで、愛してくれる男を、何より一番に求めてた」

分かるよ、と私は言った。高校生の時、私もそうだったから。女友達を沢山つくるのは簡単だけど、愛し合える男一人をみつけるのは物凄く大変だ、と実感し始めた頃だったし、だからこそ、私が何よりも求めていたのは、女との友情よりも男からの愛情だった。だって、沢山いる女友達に代わりはいても、一人の運命の男に代わりはいないんじゃないかって、思っていたから。

「だけどさ、違った」

そう言って、Gは目を赤くした。

「うん。違うんだよね」

そう言った途端、私も、なんだか一瞬、泣きたい衝動に駆られた。

女友達との友情より、男からの愛情、と思っていた頃の私たちは、分かっていなかったのだ。知らなかったのだ。切なくとも甘いものだとばかり思い込んでいた〝恋愛〟が、愛をくれる存在だと信じて疑わなかった〝男〟が、時に女を、ズタッズタに、身も心も引き裂くということを。

4年前、長く付き合った男と別れた後で、Gの妊娠が発覚した。「子供が出来た」と、電話の向こうで号泣していた彼女の凄まじい泣き方を、私は今でもハッキリと覚えている。その時の彼女は、妊娠したショックで、というよりも、産みたいのに産めないかもしれない、という恐怖の中で涙を流していた。

「……産みたいよ」

そう言う彼女の声は、涙で震えていた。

結婚して産みたい、とGは別れたばかりの男に話したが、男は首を横に振った。男を責めることは出来ない。恋は、もう終わっていたのだから。そこで家庭を築いても、上手くはいかなかったかもしれない。だけど、その時、張り裂けたであろう彼女の心を思うと、胸の奥が、とても重たくなる。そして結局、Gは中絶をした。22歳、大学4年、就職が決まっていた彼女がシングルマザーの道を選べなかったことを、もし責める者がいるとしたら、私は彼等にGの大量の涙と泣き崩れた姿を、見せてやりたいと思う。子供を堕《お》ろす時に、身を裂くような悲しみを感じない女なんて、絶対にいない。

「あの時、手を握っていてくれる女友達がいなかったら、私、死んでたかもしれない」

そう言うGの頬に、一滴、涙が伝った。4年経った今でも、癒えない心の傷。決して一生、忘れることのない、忘れてはならない、ひとつの出来事。私はなにも、言わなかった。でも、沈黙の中で、分かっていた。

本当に産みたかったけど、どうしても産むことができなかった我が子に対しての、「本当にごめんなさい」という自分を責める想い。だったらどうして、もっと避妊に気をつけなかったんだろう、それ以前にセックスなんてしなければよかった、とさえ思ってしまう、後悔の気持ち。だけど、すごく勝手かもしれないけれど、「出会えて嬉しかった、ありがとう」という、会うことの出来なかった我が子への、心からの愛情。産んで育ててあげられなかったその子のためにも、自分自身が精一杯、毎日を生きていかなければならないんだ、という強い覚悟。――そんな想いを、言葉にせずとも、心で感じ取れるのは、女だから。私が、彼女と同じ、女だから。

どんなに女が強くなったって、男と対等な社会的地位を得たって、セックスが絡む限り、男との恋愛で負うリスクは、女の方が遥かに大きい。心だけじゃなくて、体まで、傷つくことがあるのだから（前作の『おとこのつうしんぼ』内で避妊を強く訴えたのもそのためで、どんなに気をつけていてもゴムを使わなければ避妊にはならないし、自分を守れるのは自分しかいない。もしゴムやピルを使わないのなら、子供を産もうという決心が出来る男と、産める環境にある時にしか、女はセックスすべきじゃないんだ。神様が、女の体を、そうつくった）。

男からの愛情を求める、恋愛というフィールドの中で、失敗して、過ちさえ、犯して、愛に、破れて、ボロボロになっちゃった時に、そっと差し伸べられる救いの手こそ、他の誰のでもない、女友達のものなのだ。女同士、ただそばにいるだけで、通い合わせることのできる、気持ちがある。どんな言葉にして伝えても、男には分からない、女の気持ち、というものがあるのだから。

男には代えられない、大事な女。それが、女友達。

おんなともだち

涙の中のひかり度★★★★★

今まで何人の、女友達の泣き顔を、見てきたことだろう。

あの秋のよく晴れた午前中、柏のVAT前の花壇の端に座りながら、人目も気にせずに、カオリと私は一緒に泣いた。エリカはあの秋の夜、バイトの休憩室の横にある狭い階段に座りながら、両手で顔を覆って、肩を震わせて泣いていた。タマちゃんはあの夏の昼、真っ赤な両目に溜まっていた大粒の涙を、パスタを食べる手を休めてから、静かに流し始めた。あの春の明け方、クラブの前の公園で、カオルはしゃがみこんで下を向いたまま、地面に涙をぼとぼと落としていた。あの夏の夕方、インターフォンが鳴ったのでドアを開けると、チエが目をぎゅっと閉じて泣きながら、そこに立っていた。あの夏の終わりの放課後、エリはダンスサークルの練習中に、急に地面にうずくまって大声を上げて泣き出した。あの冬の朝、大学の1限の授業前に、モモは喫煙所のベンチに腰掛けながら、腫れてしまって重たそうな瞼《まぶた》の下から、涙を力弱く流し続けていた。

目の際まで入っていた黒いアイライナーを溶かしながら、彼女たちの涙はぼろぼろと流れ落ち、目の下に入れたハイライトや、頬のブラウンのチーク、ファンデーションのカラーを混ぜ合わせながら、びちゃびちゃに顔を濡らす。彼女たちは両手で顔を覆う。その時、顔を覆った彼女たちの両手の、綺麗にマニキュアされた爪が、なんだか無性にたまらなく切なくて、私はゾクッとしてしまう。彼女たちのトレンドを押さえた最先端のファッションも、根元から綺麗にカラーされた髪の毛もとても悲しくて、スワロフスキーのラインストーンが付けられた足の爪なんかは特に、私を泣き出したいような気持ちにさせる。

だってそれは、「うっうっ」と、苦しそうな声を漏らしながら号泣している――本当は完璧なんかじゃない――女友達が、頑張って、努力して、綺麗にしている表向きの姿だから。「男なんてさ」とか、「マジむかつく」とか、いつもの強気な発言を支えている自分自身への自信を、髪の毛とか洋服とか化粧とか爪とかで、ひとつずつ、地道につくっているんだよね。

綺麗になりたいから。自信が欲しいから。
そしてなにより、惚れた男に愛してもらいたいから。

だけど、恋に破れて愛を手に入れることが出来なかった時、流れ落ちる大粒の涙と共に、一瞬にしてそれらは何の意味も持たなくなってしまう。ＦＥＮＤＩのバッグも、ＨＡＮ ＡＨＮ ＳＯＯＮのワンピも、Ｃｈｌｏéのサンダルも……。一番欲しいものに手が届かなかった時、次の次の次くらいに欲しいものを持っていたとしても、それらは、本当に欲しかったものがここにないことへの悲しみを、際立たせるばかりなのだから。

彼女たちは私の前で泣き続ける。涙は、途中で止まったり、また流れたり、を繰り返し、泣き声は、声にならなかったり、大声になったり、を繰り返す。男のいないところで、男を想って泣き崩れる女の姿は、とても儚《はかな》くて、ちょっとでも触れたら割れてしまいそうなガラスみたいに、脆い。不謹慎かもしれないけれど、深く傷ついて涙している彼女たちの泣き顔は、とても綺麗で、私は密かに、その美しさに感動してしまうことがある。


「泣き顔、綺麗じゃん」

って私が褒めたら、

「ば、ばかじゃないの！　今あたし超ぶさいくじゃん！」

って号泣の途中でちょっと笑って、

「もう、あたし、もう、やだよぉ！　こんな気持ちになるなら、こんなにブスになっちゃうなら、恋なんて、男なんて、もう、いらないよ！」

って、また大泣きした、女友達。

「リリは分かってくれる？　あたしのこの気持ち、分かってくれる？」

涙目で、ぐしゃぐしゃになった顔して私に聞いた、女友達。

「分かるけど、分かんないし、分かんないけど、分かるよ」

私はそう言って、「なによそれ」と言いながらヒックヒックしゃくりあげる女友達の首に両腕をまわして、ハグをした。


女友達の髪の毛の、シャンプーと香水とタバコが混じったいいにおいの中で、女友達が呼吸をするたびに揺れる、肩の乱れた振動を感じながら、私はいつも思う。

〝友達のことは、こんなにも上手に愛することができるのに、どうして？〟と。


化粧の剝がれ落ちたブサイクな泣き顔だって、かっこ悪いとこだって、心の中の本当の想いだって、友達にはなんでも打ち明けることが出来るのに、また、友達に打ち明けられた想いや意見がたとえ共感できないものであったとしても、それらを広い心で受け入れて、泣いている友達をぎゅっと抱きしめてあげることができるのに、どうして相手が、惚れた男となると、それが出来ないんだろう。こんな風に上手に、器用に、でも簡単に、愛し合うことが出来ないんだろう。

男と女の間に恋愛感情が絡み、体の関係が生まれ、〝貴方からの世界で唯一の愛が欲しい〟と思うほどに愛してしまうと、途端に、どうやって愛していいのか分からなくなってしまう。愛することと、〝上手に〟愛することは別もので、深く愛せば愛すだけ、その愛し方が不器用に、下手くそに、なってしまったりする。どんなに愛していても、愛してもらうことが出来ないこともあれば、どんなに愛し合っていても、上手に愛し合うことが出来ずに、「さよなら」で終わってしまうこともある。そんな時、女友達はこんな風に全身を震わせて泣く。私もそんな時は、同じように泣く。仕事絡みのトラブルや、家族との喧嘩なんかで泣く時とはまったく違う、最も惨めな泣き方で、私たちは泣く。男からの愛に、破れた時。

そんな絶望的な悲しみの中で、流れる涙をどうすることも出来ずに閉じた瞼の奥の、真っ暗な世界の中に、唯一差し込んでくる光が、友情愛。1対1ではあるけれど、絶対的に1対1でなくてはならないという縛りもなく、なんの罪の意識も持たずに自由に出会うことができ、複数の人と関係を持つことが許された、プラトニックで、とても健全な愛の形。男との、絶対的に1対1の、愛と独占力ゆえの様々な感情が凄まじい勢いで渦を巻く、非プラトニックの、ある意味とても不健全な関係の中で病みきってしまった心を慰めてくれるのは、健康的に愛し合うことができる、友達という存在だけ。


あの泣き顔からしばらく時間が経つと、女友達はまた完璧にメイクされたいつもの顔で私の前に現れる。

「あいつのせいで3kg痩せたの！ ラッキー！」

なんて言えるくらい、元気になって。

「なんかさ、次の恋をしたいと思ってもこの世の中、イケメン不足じゃん？」

なんて言えるくらい、強気に戻って。

「よく言うよ！　あんたの泣き顔、ブサイクだったけど？（笑）」

私が意地悪く言うと、

「なによ、あんた私の泣き顔絶賛してたじゃん！　私がボロボロな時によくもまぁそんなことが言えたわね！」

と、女友達は反撃する。

「可愛かったんだもん。いつもちゃんと綺麗にしてて、何事にも強気なあんたでも、あんなにブサイクになっちゃうくらいに大泣きするほど、愛を求めてるんだなぁって感動しちゃったんだもん」

私がとてもいいことを言っていることに気付かない女友達は、ひとりで思い出し笑いを開始する。

「アハハ。今さ、リリが男と別れてカフェで号泣してたの思い出しちゃった！　鼻水たれてたし！（笑）そんなかっこいいこと言ってる場合じゃないよ？」

「っ‼（爆）」

私たちは自分たちの泣き顔をネタに、最高に笑った。もう二度と、心から笑うことなんて出来ないかもしれないと、真剣に思って流した涙を、それぞれの過去に。

「こいつがこの世から消えてしまった途端に私も滅びてしまう」と思えるほどの、世界に一人の運命の男との、身を滅ぼすような、ライフタイムの大恋愛って、どこか幻想的。だけど私たちは、魂の嘔吐《おうと》のような凄まじい泣き方をしてしまうくらいにその存在を信じていて、時に情緒不安定になりながら、時に希望を失いそうになりながらも、また頑張ってオシャレして、そんな危険な旅を続けることが出来るのは、ほかでもない。現実的で、安定した、友情というフィールドの中で、女友達と上手に愛し合っているからなのだ。

＊＊＊

それに、この旅がハッピーエンドで終わり、愛する男と結婚して、子供なんかも産んじゃってみんな正真正銘のオトナになっちゃえば、今みたいな私たちの関係はさ、終わりを迎えちゃうような気がするんだ。

「ずーっと一緒！　一生、青春！　男なんて死んじゃえ！」

なんて、クラブで踊り狂って、酔っ払って、肩組んで、一緒に叫んでみたってさ、女同士、死ぬまでピタリとくっついて、添い遂げられるかっていったら、きっと、無理。

「独身の頃みたいにしょっちゅうは会えなくても、ずっと友達だからね」

そうだよ、分かってるよ、

でも、すっげー寂しいよ。

だから、

そんな切なさも込めながら、
私は必死になって愛するよ。

今を。
この時間を。
一緒に生きてる、
おんなともだちを。

〈完〉

あとがき

自分がしてきたいろんな恋と、女友達が話してくれたいろんな恋、女同士のいろんな会話を思い出しながら、この本を書きました（もちろん友達の話は、プライバシーのために多少変えていますが、基本的にはノンフィクションです）。

いろんな気持ちを、思い出した。自分で書いていて笑っちゃった話もあれば、泣きそうになりながら書いた話も、本当に涙しながら書いた話も、ある。そして、恋愛でズタズタに傷ついて、もう立ち上がることは出来ないんじゃないか、って真剣に思った時のことも思い出した。その時、私の手を取って、立ち上がらせてくれた女友達に、改めて、心から感謝した。その時にそんな風に支えてくれた女友達がもし、いなかったら、私は今どうなっていたんだろう、という恐怖さえ、感じたから。

だから、もしあなたが恋愛で傷ついて一人で泣いているのなら、あなたの手を、文章を通じてでしか出来なくても、そっと繋いであげることが出来たらいいな、と思います。おこがましいかもしれないけれど、本当に心から、そう思います。一人じゃない、私だけじゃないんだ、と思えることで私が救われてきたように。

この本が、ほんの、ほんの少しでも、あなたの心を強くすることが出来たなら、こんなに嬉しいことはありません。

この本を出版するにあたってお世話になった、編集者の太田さん、アートディレクターの橘田さん、カメラマンの鉄さん、ヘアメイクのせっちゃん。本当に心からの感謝の気持ちでいっぱいです。連載時に大変お世話になったチョロン&カンパニーの皆様、「The News」編成部の皆様。本当にありがとうございました。創刊時からお世話になりっぱなしのGLAMOROUS編集部の皆様、いつもありがとうございます。これからもどうぞよろしくお願いします。

世界ツアー中、というキラースケジュールのなか、コメントをくれた、アンナ。

リリースパーティをオーガナイズしてくれた、うさりん。「本の撮影何着よ〜」とクローゼットをぐちゃぐちゃにしていた私のショッピングに付き合ってくれた、スタイリストのみっちゃん。私の大好きなバーガンディ色のネイルをつけてくれたネイリストのひとみ。忙しい中、本当にいろいろと協力してくれたサトコ。撮影に遊びに来てくれて、飛び入り参加で写真にも写ってくれたタマちゃん。素敵な友達がいる私は、幸せ者だよ。どうも、どうもありがとう！

私をいつも支えてくれる家族、
沢山の愛すべき女友達と、優しい恋人。愛してるよ。

そして、この本を手に取ってくれて、最後まで読んでくれたあなたに、心から、ありがとう。この本の中には私の価値観を思い切りぶつけちゃったけれど（それはもう、文字をＷＯＲＤの中に打ち付けるように激しくキーボード叩いちゃったけども〈笑〉）、あなたはあなたの思うように、あなたらしく楽しく生きてください。

あと、最後にタバコのはなし。やめなきゃ、と思いながらも、意志の弱い私はめっきりタバコの煙に依存しちゃってます。でも最近、まわりの女友達が次々と禁煙に成功。ホント、焦る（涙）。そんな私なので今回、〝20代の不安定さ〟のモチーフとしてタバコを使いました。タバコはクールなんかじゃないのよ。ホント、依存っていやね……。

この連載は、ＧＬＡＭＯＲＯＵＳオフィシャルサイト『gla.tv』で今も続いているので、またすぐにでもお会いしましょう♪

人生で一度しかない25歳の夏に、原宿の自宅にて。

Ｌ・ｉ・Ｌｙ　２００７．７．17

この本は、２００５年からモバイルサイト「ＴｈｅＮｅｗｓ」にて連載していたコラムを厳選、リライトし、新たに書き下ろした作品と共に１冊にまとめたものです。

『タバコ片《かた》手《て》におとこのはなし』
20代《だい》の切《せつ》なさ、恋《こい》の孤独《こどく》と、女友達《おんなともだち》

第1刷発行　2007年9月7日
第8刷発行　2009年4月1日

著者　LiLy《リリー》

発行者　持田克己

発行所　株式会社 講談社
〒112-8001
東京都文京区音羽2-12-21
電話 03-5395-3971（編集）
03-5395-3622（販売）
03-5395-3615（業務）

装丁デザイン　橋田浩志（アティック）
撮影　冨成鉄
ヘア&メイク　SETSUKO

印刷所　凸版印刷株式会社

製本所　大口製本印刷株式会社

ISBN978-4-06-214245-8